Ingrid Geiger

Huckepack ins Ländle

Ingrid Geiger

Huckepack ins Ländle

Heitere Bekenntnisse einer Reigschmeckten

ROMAN

Silberburg-Verlag

Ingrid Geiger, geboren 1952 in Reutlingen. Ihre Jugend- und Studienzeit verbrachte sie in Köln. Nach ihrer Heirat kehrte sie nach Baden-Württemberg zurück. Sie lebt heute mit ihrer Familie in einer ländlichen Gemeinde am Fuß der Schwäbischen Alb. Ab 1988 veröffentlichte sie zunächst Kinderbücher, dann Gedichte in schwäbischer Mundart und heitere Familienromane.

1. Auflage 2014

Erstmals erschienen 1997 im Eugen Salzer Verlag,
Heilbronn, unter der ISBN 3-7936-0357-1.
Umschlaggestaltung: Christoph Wöhler, Tübingen.
Coverfoto: © iravgustin – Fotolia.com.
Druck: Gulde-Druck, Tübingen.
Printed in Germany.

ISBN 978-3-8425-1343-3

Besuchen Sie uns im Internet
und entdecken Sie die Vielfalt
unseres Verlagsprogramms:
www.silberburg.de

Oh, wenn no alle Leut wäret,
wie i sei sott!

Vorwort

Liebe Leserin, lieber Leser,

manches ist anders geworden im Ländle, seit ich diesen Roman in den Neunzigerjahren geschrieben habe.

Beim Telefonieren hat die »Flatrate« den »Mondscheintarif« abgelöst. Wie man hört, hat sich auch die Sprache mit den Jahren verändert. Und unsere günstige Telefonrechnung bezahlen wir inzwischen nicht mehr in D-Mark und Pfennig, sondern in Euro und Cent. Wer mit seinem Auto nach dem richtigen Weg sucht, der muss nicht mehr mit seiner Beifahrerin in Streit geraten. Stattdessen folgt er widerspruchslos der freundlichen Stimme seines Navis, die sich durch nichts aus der Ruhe bringen lässt. Und in der Regenbogenpresse sind nicht mehr die Ehestreitigkeiten zwischen Charles und Diana das beherrschende Thema, sondern das junge Familienglück von William und Kate. Beim Lesen des Romans werden Sie sicher noch andere Beispiele entdecken.

Was sich in all den Jahren nicht verändert hat, das sind die Menschen mit ihren Freuden und Alltagssorgen, ihrer Mundart und ihren »Mödele«. Der Silberburg-Verlag und ich haben uns deshalb entschlossen, Katharinas Briefe aus dem Ländle nicht der Neuzeit anzupassen, sondern mit unseren Lesern einen nostalgischen Blick zurückzuwerfen.

Ich bin dem Silberburg-Verlag sehr dankbar, dass er »Huckepack ins Ländle« noch einmal auflegt. Seit der Roman nach mehreren Auflagen vergriffen war, wurde ich von Lesern immer wieder danach gefragt. Hier ist er nun, mein »alter« Roman im neuen Gewand!

Ich wünsche Ihnen viel Spaß beim Lesen,
Ihre Ingrid Geiger

Die Gelegenheit war günstig. Seit drei Tagen regnete es ununterbrochen, Julia hatte Urlaub und Helmut würde nicht vor morgen Abend von seiner Geschäftsreise zurückkommen. Deshalb hatte sie heute Morgen den heroischen Entschluss gefasst, endlich ihren Keller aufzuräumen. Unfassbar, was sich dort im Laufe der Zeit an altem Krempel angesammelt hatte!

Schwungvoll beförderte Julia den ausrangierten Lampenschirm in den schon halb vollen Umzugskarton, dessen Inhalt auf dem Müll landen würde. Dann zog sie eine Schuhschachtel aus dem Regal – sie fühlte sich schwer an und etwas rutschte darin hin und her. Neugierig hob Julia den Deckel. Zum Vorschein kamen alte Ansichtskarten, Geburtstagsglückwünsche, Theaterprogramme, Eintrittskarten und Hotelprospekte; und ganz unten Briefe, alle mit der gleichen Handschrift adressiert. Julia erkannte Katharinas schwungvolle, runde Buchstaben sofort.

Sie öffnete das erste Kuvert und förderte einen ganzen Packen beschrifteter Blätter zu Tage. Julia musste schmunzeln. Es war noch nie Katharinas Stärke gewesen, sich kurz zu fassen. Ein Datum suchte Julia auf dem Briefbogen vergeblich, stattdessen trug der Brief eine Überschrift – typisch Katharina! Sie hatte schon damals schriftstellerische Ambitionen gehabt.

»Liebe Julia«, las sie, »seit fast zwei Wochen wohnen wir nun schon hier im Ländle, und ich habe Dir viel zu erzählen.«

Der Brief stammte aus dem Jahr, als Katharina Köln verlassen hatte und mit ihrer Familie nach Süddeutschland gezogen war. Es war auch das Jahr, in dem ihre Tochter Christine geboren wurde und das war ... Julia begann zu rechnen. Es musste 1996 gewesen sein. Der Abschied war tränenreich gewesen, immerhin lagen von da an mehr als 400 Kilometer zwischen ihnen. Und weil das Telefonieren damals im Fernbereich noch sehr teuer gewesen war, selbst wenn man die Wochenend- und Mondscheintarife nutzte, waren lange Gespräche eher selten gewesen.

Aber wer weiß, hätte es damals schon eine Flatrate gegeben, dann hätten sich Katharinas Erlebnisse im Ländle wohl im Äther zwischen Neubach und Köln verflüchtigt, und Julia könnte sie jetzt nicht wieder zum Leben erwecken, indem sie die alten Briefe las.

Entschlossen klemmte sie sich die Schachtel unter den Arm und stieg die Kellertreppe hinauf. Sie war schon auf dem Weg zum Telefon, um Katharina anzurufen und ihr von dem Fund zu berichten, als sie innehielt. Nein, sie würde sich noch ein wenig gedulden, denn endlich wusste sie, was sie Katharina zu ihrem bevorstehenden Geburtstag schenken würde. Die würde Augen machen, wenn sie ihr Geschenk auspackte und die längst vergessenen Briefe zum Vorschein kamen! Aber vorher würde Julia sie alle noch einmal lesen.

Sie holte eine Tasse aus dem Schrank, setzte die Kaffeemaschine in Gang und machte es sich auf dem Sofa bequem. Die Zeitreise konnte beginnen.

Schaff's gut

Äller Anfang isch schwer,
bloß beim Lompasammla net.

Liebe Julia,

seit fast zwei Wochen wohnen wir nun schon hier im Ländle, und ich habe Dir viel zu erzählen.

Am Telefon ist das immer mit einigen Tücken verbunden, weil Felix genau dann ganz dringend Pipi muss und den Hosenknopf nicht aufbekommt, wenn ich an der Strippe hänge. Oder weil Martin sofort seine blau getupfte Krawatte braucht, die er schon ein halbes Jahr lang nicht mehr getragen hat, die aber trotzdem ganz vorne im Schrank hängt, wo er sie natürlich nicht vermutet hat. Oder weil Martin mit Felix auf dem Sofa neben mir das herrliche Spiel »Ich-kitzle-dich-bis-du-dich-totlachst« spielt, das den einzigen Nachteil hat, dass man am Telefon sein eigenes Wort nicht mehr versteht. Deshalb wie versprochen heute ein herrlich ungestörter Brief, auch wenn im Keller noch zwei Umzugskartons darauf warten, ausgepackt zu werden.

Vormittags wären inzwischen sogar wieder ungestörte Telefongespräche möglich, denn Felix geht seit Montag in den hiesigen Kindergarten, aber wer kann sich auf die Entfernung schon Telefongespräche am Vormittag leisten, ganz abgesehen davon, dass Dein Chef vielleicht etwas dagegen hätte.

Felix stellt noch alle Stacheln und wehrt sich dagegen, sich hier wohlzufühlen. Angeblich war im Kölner Kindergarten alles besser. Natürlich vermisst Felix seine alten Freunde, aber ich bin sicher, er wird von uns dreien der Erste sein, der sich hier einlebt. Und der Erste, der die Landessprache perfekt beherrscht. Schon jetzt bringt er jeden Tag neue Wörter mit nach Hause.

Zum Glück gibt es Frau Knödler, unsere Nachbarin in der Wohnung über uns. Sie macht mich bereitwillig mit allen Besonderheiten der schwäbischen Mundart vertraut. Falls sie sich wundert, dass ich mich meistens nach Schimpfwörtern erkundige, so ist sie taktvoll genug, es sich nicht anmerken zu lassen. Frau Knödler ist Mitte vierzig und das, was man im Ländle »badend« nennt. Achte bitte auf die Betonung der zweiten Silbe, denn mit baden hat es nichts zu tun, eher mit praktisch, lebenstüchtig und liebenswert – patent eben.

Frau Knödler hat eine fünfzehnjährige Tochter, Petra, womit auch gleich unser Babysitter-Problem gelöst ist. Glücklicherweise war es bei Petra und Felix Liebe auf den ersten Blick, und ich habe keinerlei Bedenken, ihr Felix anzuvertrauen, ganz im Gegensatz zu Frau Nägele. Frau Nägele ist unsere »Hausfrau«, die Hausbesitzerin also, und sie bewohnt mit ihrem Mann die Wohnung im Erdgeschoss, dem sogenannten »Baderr«.

Sicher kennst Du die berühmten drei Affen: nichts sehen, nichts hören, nichts sprechen. Nun, Frau Nägele ist ihr personifiziertes Gegenteil, und zwar in einer Person vereinigt. Sie sieht alles, hört alles und erzählt alles weiter.

»Sie werdet doch des Buele net so ma Bussierstengel avertraue«, war ihr wenig freundlicher Kommentar zu Petras Babysitter-Diensten. »Ha, des wär ja de Bock zum Gärtner gmacht!«

Dass ein junges Mädchen in diesem Alter sein Interesse fürs andere Geschlecht entdeckt, halte ich für ganz normal und in Petras Fall für recht harmlos. Ganz anders war es wohl bei Frau Knödlers Mann. Der ist nämlich auch ein Bussierstengel, aber leider nicht von der harmlosen Sorte. Er hatte das, was wir ein »Fisternöllche« nennen, weshalb Frau Knödler schon seit einigen Jahren von ihm geschieden ist.

Kannst Du mir eigentlich verraten, warum gerade immer die nettesten Frauen von ihren Männern betrogen werden? Die, die ihren Männern die Pantoffeln nicht nur zum Sessel, sondern als Auswahl vom Schuhgeschäft nach Hause tragen? Wahrscheinlich ist es wie bei den Kindern. Je mehr wir sie verwöhnen, desto weniger danken sie es uns. Denk dran, liebe Julia, und halte Deinen Helmut kurz!

Wenn man Frau Nägele glauben darf – und Du kannst davon ausgehen, dass Frau Nägele immer bestens informiert ist –, dann gibt es nur eins, was »die Neue« Frau Knödler voraushat: Sie ist zehn Jahre jünger. Kommt Dir das bekannt vor?

Versteh mir einer die Männer!

Nicht ohne Grund legen wir Frauen uns in der Regel einen älteren Liebhaber zu. Nicht nur dass ein älterer Mann über die größere Lebenserfahrung, die dickere Brieftasche und mehr Zeit verfügt – er schenkt uns auch die ewige Jugend! Jedenfalls eine relative. Denn wie vieles im Leben ist auch das Alter relativ.

Nehmen wir zum Beispiel mich. Als Martin Felix am Montag fragte, wie alt denn seine neue Kindergartentante sei, bekam er zur Antwort: »Och, schon ziemlich alt. Ungefähr so wie die Mama!« Ich kann Dir nur raten, liebe Julia, schaff Dir möglichst schnell Kinder an. Sie werden Dich vor dem Laster der Eitelkeit bewahren.

Wenn ich dagegen Herrn Nägele im Treppenhaus begegne, so begrüßt er mich jedesmal mit einem freundlichen »Grüß Gott, junge Frau!« Herr Nägele ist Mitte siebzig und – wie Du hörst – ein ganz reizender Mann.

Es kommt beim Alter also ganz entscheidend auf den Blickpunkt des Betrachters an. Und da lass ich mich doch lieber neben einem älteren Mann betrachten als neben einem jüngeren. Neben dem kann ich im wahrsten Sinn des Wortes nur alt aussehen.

Wusstest Du übrigens, dass die Männer gar nichts für ihren Hang zu jüngeren Frauen können? Angeblich haben sie das noch aus der Steinzeit in ihren Genen. Es hat etwas mit der Erhaltung der Art zu tun. Die armen Männer wären in den meisten Fällen gern bereit, ihre Liebe zwei Frauen gleichzeitig zu schenken. Es liegt wie immer an uns Frauen. Ehebruch gab es schließlich zu allen Zeiten. Aber wir emanzipierten Frauen sind heute einfach nicht mehr bereit, rechtzeitig im Kindbett zu sterben wie unsere Urgroßmütter oder unseren Mann klaglos mit einer anderen zu teilen wie unsere Großmütter. Wir rufen kompromisslos: »Mein Mann gehört mir!«, und laufen zum Scheidungsrichter.

Nachdem ein kluger Wissenschaftler das Steinzeitgen entdeckt hat, rückt sie in greifbare Nähe, die Rettung der modernen Ehe. Schließlich gehen alle Frauen von Zeit zu Zeit zum Friseur, wo alle Frauen Illustrierte lesen und alles glauben, was da geschrieben steht. Auf Dauer können wir Frauen uns deshalb dieser wissenschaftlichen Erkenntnis wohl nicht verschließen und müssen uns, ob wir wollen oder nicht, darauf einrichten, das Schicksal unserer Großmütter zu teilen. Ein schwerer Schlag für die Frauenbewegung.

Da Frau Knödler schon vor Entdeckung dieses Gens von ihrem Mann betrogen wurde, konnte sie diesen Aspekt noch nicht in ihre Überlegungen mit einbeziehen und ist deshalb, wie gesagt, geschieden. Abgesehen davon ist Frau Knödler aber eine sehr kluge Frau und deshalb meine Ratgeberin in allen Lebenslagen, besonders natürlich in Fragen, die die schwäbischen Eigenheiten des Lebens betreffen. Für eine mit den Landessitten nicht vertraute Kölnerin hält das Leben hier nämlich täglich neue Stolpersteine bereit. Mit einem solchen machte ich gleich am Tag unseres Einzugs Bekanntschaft, und das kam so: Neben Frau Nägeles Wohnungstür hing ein weißes Schild mit der Aufschrift *Kehrwoche* und der Abbildung eines Besens.

Auf meine Frage, was es denn damit auf sich habe, erklärte mir Frau Nägele bereitwillig: »Des hoißt, dass i die Woch mit dr Kehrwoch dra bin. Nächschde Woche hängt des Schild bei Ihne, und nach Ihne isch d' Frau Knödler dra. Jede Woch ebber andersch. Des goht reihum.«

Es muss wohl der aufgemalte Besen gewesen sein, der mich auf die falsche Fährte lockte, so dass ich das »Kehr« mit einkehren und den Besenwirtschaften in Verbindung brachte. Diese »Besewirtschäftle« sind nämlich an einem über die Tür gehängten Besen zu erkennen, eine typisch schwäbische Erfindung, die ich vor einigen Jahren während einer Urlaubsreise kennengelernt habe. Hier findet die Geschäftstüchtigkeit der Schwaben ihren Ausdruck. Da macht der Winzer, der hier »Wengerter« genannt wird, für ein paar Wochen seine gute Stube zur Gastwirtschaft. Und zum Zeichen dafür, dass der Gast hier einkehren und vom hauseigenen Wein probieren kann, hängt er einen Besen über seine Haustür. Platz ist hier Mangelware. Also hockt man dicht beieinander, »schlotzt sei Viertele« und ist bester Stimmung. Insofern sind diese Besewirtschäftle etwas ganz und gar Untypisches. Von Natur aus eher zurückhaltend liebt der Schwabe es nämlich gar nicht, mit Leuten, die er nicht kennt, an einem Tisch zu sitzen. Betritt ein Schwabe eine Wirtschaft, in der jeder Tisch mit einer oder zwei Personen besetzt ist, so wird er sich in der Regel zu seiner Frau umdrehen mit der Bemerkung: »Komm, lass uns wieder gange, 's isch alles voll.« Vielleicht gibt es die Besenwirtschaften deshalb nur ein paar Wochen im Jahr. Auf Dauer würde eine solche Verbrüderung dem Schwaben wohl zu viel werden.

Ich malte mir schon aus, wie die Hausgemeinschaft jede Woche in einer anderen Wohnung zusammentrifft, diese Woche also bei Frau Nägele, um gemütlich bei einem Glas Wein zusammenzusitzen. O heilige Einfalt!

»Eine nette Idee!«, sagte ich deshalb zu Frau Nägele und leistete den Schwaben, die ich bisher für eher ungesellig gehalten hatte, im stillen Abbitte.

»Wie moinet Se jetzt des?«, fragte Frau Nägele und beäugte mich misstrauisch. »Des isch hier überall so üblich.«

Schau an!

»Und findet das an einem bestimmten Wochentag statt?«, wollte ich weiter wissen.

»Ha, mr butzet halt meischdens am Samschdag, dass es am Wocheend schee sauber isch.«

Endlich fiel bei mir der Groschen. Kehren kam nicht von einkehren, sondern von kehren mit dem Besen, »fegen«, wie das der Schwabe nennt. Ich wurde allerdings gleich aufgeklärt, dass ich den Begriff nicht allzu wörtlich nehmen dürfe.

»Aber fege langt fei net!«

Was »fei« bedeutet, kann ich Dir leider nicht übersetzen. Soweit ich das Geheimnis inzwischen lüften konnte, handelt es sich um ein schwäbisches Universalwort, das der Schwabe immer dann einsetzt, wenn er etwas unterstreichen möchte, ein Lob ebenso wirkungsvoll wie einen Tadel oder eine Drohung. Das »fei« verleiht der Sache gleich eine ganz andere Gewichtigkeit.

»Außer im Hof und uff em Trottwar nadürlich. Aber d' Stieg müsset Se scho nass wische, sonsch wird's ja net recht sauber.«

»D' Stieg« ist die Treppe, wie Du Dir vielleicht denken kannst, außerhalb des Hauses auch »Stäffele« genannt.

»D' Hausdür und 's Treppegländer ghört abgwasche und d' Waschküch nausbutzt. De Kudderoimer müsset Se donnerschdagabends nausstelle und nach em Leera am Freidag wieder reihole und auswasche. Schneeschippe ghört nadürlich au drzu, aber wie des genau goht, des sag i Ihne na no. Des hat ja no a bissle Zeit. Und wenn ebbes net klar isch, na fraget Se halt«, fügte Frau Nägele abschließend hinzu.

Nun, für heute war mein Bedarf gedeckt. Im Übrigen bin ich sicher, dass Frau Nägele mich auch ungefragt aufklären wird, falls meine Tüchtigkeit im Putzen zu wünschen übrig lässt.

Mein Verhältnis zu Herrn Nägele ist wesentlich stressfreier. Durch sein freundliches »Grüß Gott, junge Frau« hat er bei mir natürlich einen Stein im Brett. Aber nicht nur bei mir, genauso bei Felix, wenn auch aus ganz anderen Gründen. Herr Nägele besitzt nämlich eine Garage, und zwar eine ganz besondere. Genau genommen ist seine Garage die stark vergrößerte

Ausgabe einer Bubenhosentasche, sprich die Ansammlung all dessen, was zum Wegwerfen einfach viel zu schade ist, weil man es irgendwann noch einmal gebrauchen könnte. Kein Wunder also, dass Felix Herrn Nägele und seine Garage liebt und jede freie Minute dort verbringt. Lange vor unserer Zeit befand sich hier einmal ein wunderschöner Restposten taubenblauer Badezimmerkacheln, mit dem Herr Nägele inzwischen sein Gemüsebeet eingefasst hat. Die Tatsache, dass die Kacheln bei Regenwetter gefährlich rutschig werden, sieht er eher gelassen.

»Da drmit muss mr halt lebe. Mr woiß es ja, na muss mr halt a bissle uffbasse. Aber saget Se selber, die wäret zum Fortschmeiße doch viel z' schad gwese.«

Genauso wie das rosa Waschbecken, das Herr Nägele unter dem Wasseranschluss im Garten angebracht hat. Ein Nachbar hatte sein Bad renovieren lassen und das alte Becken zum Sperrmüll gestellt.

»Des isch doch no pfenniggut. So ebbes ka mr doch net oifach wegschmeiße. Und wenn mr nach em Schaffe d' Händ wasche will, na isch des doch echt praktisch.«

Frau Nägele ist da anderer Meinung. Ihr wäre es lieber, die Schmutzbrühe würde wie früher gleich in die Erde laufen, denn nun gibt es ein weiteres Waschbecken zu putzen. Ein schmutziges Waschbecken ist im Hause Nägele undenkbar, auch wenn es sich im Garten befindet. Ganz abgesehen davon ist das Becken beim Füllen der Gießkanne ziemlich hinderlich. Überhaupt unterbindet Frau Nägele oft, dass Gegenstände einer sinnvollen Wiederverwendung zugeführt werden. So fristet die zum Waschbecken gehörende Kloschüssel in der Garage noch immer ein nutzloses Dasein. Und dabei hätte Herr Nägele so viel Abfallholz und Dachpappe, um ein hübsches Häuschen mit Herzle in der Tür drumherum zu bauen. Und Platz für ein solches Häuschen wäre im Garten schließlich auch.

Da fällt mir die Geschichte von dem Installateur ein, die ich neulich gelesen habe. Dieser Flaschner von der Alb soll nach dem Motto gelebt haben: *Hier a Blechle, do a Blechle, zletscht, da langts a Scheißhausdächle*. Wüsste ich nicht sicher, dass Herr Nägele früher von Beruf Reisender war, ich könnte glatt auf die Idee verfallen, er sei besagter Flaschner, der von der Alb in die Uhlandstraße umgezogen ist.

Da Frau Nägele ihren Mann derartig bremst, darf sie sich eigentlich nicht beschweren, dass das Auto inzwischen auf der Straße steht, weil in der Garage kein Platz mehr ist. Da stapeln sich – sehr zu Felix' Freude – Dinge von unschätzbarem Wert, angefangen von alten Fahrradschläuchen bis zum fast neuen Auspufftopf. Eigentlich hätte ich nichts gegen Felix' Freundschaft mit diesem Tüftler und Bastler einzuwenden, denn er lernt eine ganze Menge dabei. Nur wird Felix' Zimmer Herrn Nägeles Garage zunehmend ähnlicher. Wenn es so weitergeht, werden wir Felix wie Herrn Nägeles Auto bald ausquartieren müssen, weil in seinem Zimmer kein Platz mehr ist. Herr Nägele kann nämlich nicht nein sagen, wenn Felix begehrlich nach der verrosteten Maulwurfsfalle oder dem brüchigen Blasebalg schielt. Ich glaube, er will auch gar nicht nein sagen. Sicher ist er froh, wenn es wieder Platz für Neues gibt.

Du siehst, Felix ist hier vollauf beschäftigt. Nicht mehr lange und es wird ein richtig »schaffiger Schwob« aus ihm werden. Nicht umsonst heißt ein schwäbischer Abschiedsgruß »Also, na schaffet Se's gut!«. Wenn das kein frommer Wunsch ist! Das klingt doch gleich ganz anders als ein lässiges »Tschüs« oder »Tschö«. Wenn es Dir zu sehr nach Arbeit klingt, dann kannst Du allerdings auch ganz einfach »ade« sagen.

Die passende Begrüßungsformel im Ländle lautet »Grüß Gott«. Das hört der Schwabe auch vom »Reigschmeckte« gern. Reigschmeckte sind übrigens Leute wie ich, die von anderswo zugezogen sind. Allerdings sollte der Reigschmeckte tunlichst vermeiden, die schwäbische Mundart zu kopieren. Der Schwabe empfindet das nämlich als plumpe Anbiederung.

Vor allem dann, wenn der Reigschmeckte meint, sich durch das einfache Anhängen der Silbe »le« schon als perfekt sprechender Schwabe auszuweisen.

Ich kann Dir versichern, man kann froh sein, Schwäbisch einigermaßen zu verstehen, vom Sprechen sollte man wirklich lieber die Finger lassen.

In diesem Sinn: So viel für heute und – schaff's gut!

Deine Katharina

Von Butzele und Bubespitzle

»Des isch kurios«, hat der Baurebua gsagt,
»i mag d' Mädle und mei Schwester mag d' Buabe.«

Liebe Julia,

weißt Du, was ein Butzele ist?

Also ein Butzele ist ein Säugling. Aber hört sich Butzele nicht viel netter, liebevoller und zärtlicher an? Hör mal genau hin: Butzele – klingt das nicht wie ein Schlaflied von Brahms? Da behauptet man immer, Schwäbisch sei eine harte, grobe Sprache, und dabei bringt sie ein Wort wie Butzele hervor. Nun, vielleicht bin ich im Moment auch ein bisschen gefühlsduselig, was nicht weiter verwunderlich ist, denn – jetzt halt Dich fest – ich bin schwanger!

Hast Du Lust, die Patin unserer süßen, kleinen Tochter zu werden – oder unseres netten, kleinen Sohns?

Nein, ich will ehrlich zu Dir sein. Schließlich bist Du meine beste Freundin, und wir haben schon Geheimnisse miteinander geteilt, als wir sie noch durch unsere Zahnspangen gelispelt haben. Im hintersten, ganz geheimen Eckchen, in das ich nicht einmal Martin gucken lasse, träume ich schon von einem kleinen Mädchen, von niedlichen Rüschenkleidchen und sauberen Händchen, die mit Puppen und nicht mit Pistolen spielen. Und von Lackschühchen natürlich, die um jede Pfütze freiwillig einen großen Bogen machen.

Felix' Verhältnis zu Wasser ist nämlich leider etwas gestört. Tritt es in Form einer braunen, schlammigen Brühe auf, die sich in einem Tümpel oder einem obskuren Dreckloch befindet, so übt es eine unwiderstehliche Anziehungskraft auf ihn aus. Kommt es aber aus dem Wasserhahn und soll schlicht und ergreifend dazu benutzt werden, sich die Hände zu waschen, so meidet er es wie der Teufel das Weihwasser.

Es ist übrigens ganz erstaunlich, wieviel Schmutz sich an so kleinen Händen befinden kann. Er reicht dazu aus, die Seife, das Waschbecken und das Handtuch schwarz zu färben, und das, obwohl die Hände auch nach der Waschaktion nicht viel anders aussehen als vorher.

Ganz unbrauchbar ist sauberes Wasser für kleine Jungs allerdings doch nicht. Man kann es zum Beispiel zum Füllen einer Wasserpistole benutzen, durch entsprechenden Fingerdruck unter dem Wasserhahn auch zur Herstellung von Fontänen, die ganze Badezimmer unter Wasser setzen, oder man kann mit Hilfe von viel Spülmittel große Schaumberge herstellen, die über den Rand des Spülbeckens quellen und damit praktischerweise auch gleich die Front der Küchenschränke reinigen. Ich hoffe inständig, dass kleine Mädchen sich in diesem Punkt durch Phantasielosigkeit auszeichnen.

Martin ist es übrigens genauso egal wie mir, ob es ein Junge oder ein Mädchen wird. Auch er träumt heimlich von einem Mädchen. Ich merke es daran, dass er grundsätzlich nur Mädchennamen in die Debatte wirft, wenn wir über Vornamen nachdenken. Felix möchte natürlich lieber einen Bruder haben. Mädchen findet er ausgesprochen doof. Die sind gerade mal gut genug, um sie an den Haaren zu ziehen oder mit Wasser zu bespritzen – auch das ist in seinen Augen eine sinnvolle Verwendung von Wasser! Ich schwindle schon wieder. Um ganz ehrlich zu sein: Felix wünscht sich gar keinen Bruder. Weißt Du, was er mich gefragt hat? Ob man das Baby nicht vielleicht gegen einen kleinen Hund umtauschen könnte?

Und das, wo ich mir mit seiner Aufklärung wirklich alle Mühe gegeben habe!

Allerdings versagt mir Martin auf diesem Gebiet gänzlich seine Unterstützung. Entsprechende Fragen von Felix wimmelt er grundsätzlich mit einem feigen »Frag lieber die Mama« ab. Er findet das nur gerecht, weil ich Felix immer zu ihm schicke, wenn er mich fragt, was eine Zündkerze ist oder wie ein Computer funktioniert. Aber Du musst doch zugeben, dass das etwas ganz anderes ist. Schließlich habe ich von diesen Dingen tatsächlich keine Ahnung, was man von Martin im umgekehrten Fall nun wirklich nicht behaupten kann.

Übrigens, da wir gerade beim Thema Aufklärung sind: Weißt Du, was ein Spitzle ist? Nun, das Spitzle ist der Körperteil, der einen kleinen schwäbischen Jungen, Bua oder Kerle genannt, von einem kleinen schwäbischen Mädchen, Mädle genannt, unterscheidet. Solltest Du allerdings auf einer schwäbischen Speisekarte *Sauerkraut mit Bubespitzle* lesen, so musst Du nicht befürchten, dass in Schwaben Menschenfresser leben. Bei Bubespitzle handelt es sich um eine Beilage, die in der Form an nämlichen Körperteil erinnert und in gehobeneren Restaurants Schupfnudeln genannt wird. Ich finde, sie schmecken sehr lecker, deshalb lege ich Dir das Rezept bei.

Doch zurück zu unserem Butzele. Inzwischen wissen auch unsere Hausbewohner über den zu erwartenden Nachwuchs Bescheid. Wie schon bei Adam und Eva war ein Apfel an allem schuld. Und das kam so: Frau Nägele wollte Felix einen Apfel schenken, worauf Felix ihr unverblümt erklärte, dass er keine Äpfel möge.

»Und da hat die Frau Nägele gesagt, dass ich ein ganz schneidiges, verwöhntes Ding bin und dass es Zeit wird, dass ich ein Geschwisterle kriege. Und da hab ich gesagt, dass ich sowieso bald eins krieg, aber dass ich deshalb noch lang keinen Apfel ess.«

Frau Knödler, die diesem Bericht gelauscht hatte, lachte und klärte uns darüber auf, dass Frau Nägele wahrscheinlich von einem »schnaigigen, verwöhnten Dinger« gesprochen habe, also in abfälliger Form von einem männlichen Wesen, das beim Essen heikel ist und an allem herummäkelt.

»Und dann hat die Frau Nägele noch gesagt, ich soll dir einen schönen Gruß sagen, und du sollst den Kinderwagen bloß nicht im Flur stehen lassen.«

Reizend, wie alle sich über unser Butzele freuen! Aber bei Felix' diplomatischem Geschick ist das eigentlich kein Wunder.

»Warum hast du den Apfel denn nicht einfach genommen, danke gesagt und ihn mir gebracht?«, fragte ich ein wenig ärgerlich.

»Du hast gesagt, man darf nicht lügen«, wurde ich belehrt.

Ich verzichtete darauf, Felix den Unterschied zwischen einer Lüge und dem höflichen Verschweigen der Wahrheit zu erklären. Für solche Spitzfindigkeiten ist er wohl noch zu jung.

Wenigstens Frau Knödler scheint sich auf unser Butzele zu freuen. Sie empfahl mir gleich ihren Frauenarzt.

»Der wird Ihne gfalle. A ganz reizender Ma isch des.«

Womit Frau Knödler wie mit so vielem recht hat. Denn inzwischen habe ich Doktor Jordan aufgesucht. Und wenn Du es nicht weiterverrätst, erzähle ich Dir noch ein Geheimnis: Ich schwärme ein bisschen für ihn! Er ist dieser Typ »Charmeur mit grauen Schläfen«, dem ich noch nie widerstehen konnte. Wenn ich einen Termin bei ihm habe, brauche ich morgens vor dem Spiegel besonders lang, und wenn ich zu ihm gehe, dann kommt das Herzklopfen bestimmt nicht nur vom Treppensteigen. Sobald ich sein Behandlungszimmer betrete, habe ich das Gefühl, er hätte den ganzen Vormittag nur auf mich gewartet. Leider bin ich nicht eingebildet genug, um zu glauben, dass er nur mir dieses Gefühl vermittelt. Ich möchte wetten, dass ich nicht die einzige Patientin bin, die für ihn schwärmt.

Natürlich beäuge ich meine Rivalinnen im Wartezimmer genau. Noch schneide ich ganz gut ab. Zum Glück neige ich weder zu Flecken im Gesicht noch zu Wasser in den Beinen, und das Stadium der plumpen Unförmigkeit, das uns Schwangeren die Grazie watschelnder Enten verleiht, habe ich Gott sei Dank noch nicht erreicht. Aber ich weiß, dass die Zeit gegen mich arbeitet.

Die übliche Eröffnungsfrage im Wartezimmer eines Frauenarztes lautet: »Ihr Erschts?« Der Schwabe beschränkt sich beim Sprechen in der Regel aufs Wesentliche.

Wird diese Frage bejaht, so müsste es mit dem Teufel zugehen, wenn im Wartezimmer nicht mindestens eine Mutter säße, die eine bildzeitungsgerechte Schilderung ihrer Geburtserfahrungen zum Besten geben kann. Zwanzig-Stunden-Wehen, eine Querlage oder ein Notkaiserschnitt in letzter Sekunde sind da das Allermindeste. Irgendwie erinnern mich diese Damen immer an die Kriegsveteranen, mit denen Onkel Josef sich einmal im Jahr trifft.

Neulich wurde eine Erstgebärende angesichts einer solch drastischen Schilderung schneeweiß im Gesicht und spitz um die Nase. Da konnte ich nicht mehr an mich halten und mischte mich in die Diskussion ein.

»Also, mein Sohn war nach vier Stunden da, ganz ohne Probleme. Klar tut's weh, aber wenn man mal von Schönheitsoperationen absieht, dann sind Wehen wohl die einzigen Schmerzen, für die man einen echten Gegenwert bekommt. Also, wenn's bloß ums Kriegen ginge, dann würde ich glatt sechs Kinder in die Welt setzen.«

Wenn Blicke töten könnten! Das Wort »Nestbeschmutzerin« schrie meinem Gegenüber förmlich aus den Augen.

»Ha no«, meinte sie spitz und musterte mich abschätzend von oben bis unten, »des wird a rechts Grupfaseggele gwese sei. Mei Thomas hat über acht Pfund gwoge und hat an Kopfumfang von 36 Zentimeter ghet.«

Der Gedanke, die Besonderheit eines Kindes wie bei einem Mastschwein in Pfund und Zentimetern zu messen, lag mir fern. Aber es erschien mir sinnlos, mich mit dieser Dame auf eine diesbezügliche Diskussion einzulassen, auch wenn ich in meinem Mutterstolz sehr getroffen war. Mein Felix »a Grupfaseggele«, was immer das sein mag! Ich muss mal Frau Knödler fragen.

Der dankbare Blick der jungen Erstgebärenden entschädigte mich im Übrigen für die erlittene Schmach, und ich beschloss, mich lieber mit ihr zu unterhalten. Sie ist ausgesprochen nett. Wir haben unsere Telefonnummern ausgetauscht, und sie hat versprochen, mich anzurufen, wenn ihr Baby da ist, und ich, sie im Krankenhaus zu besuchen. Sie denkt daran, eine Krabbelgruppe zu gründen. Ob ich da mitmachen soll? Mit Felix war ich nicht in der Krabbelgruppe. Aber bei ihm habe ich manches versäumt, zum Beispiel regelmäßig Vivaldi und Mozart zu hören und dabei liebevoll meinen Bauch zu streicheln. Nun werden wir uns nicht nur eine musikalische Karriere für ihn aus dem Kopf schlagen müssen, auch seine mathematische Intelligenz wird zu wünschen übrig lassen. (Auch meine Mutter scheint vergessen zu haben, ihren Bauch bei Mozartklängen zu streicheln. Wie wäre es sonst zu erklären, dass ich mathematisch so minderbemittelt bin?) Vielleicht hätten wir bei Felix durch einen Babyschwimmkurs noch etwas retten können, aber auch diese Chance habe ich leider verpasst.

Das alles soll uns beim Butzele natürlich nicht passieren. Oder denkst Du, ich will mich in fünfzehn Jahren vom Schulpsychologen fragen lassen: »Wie, Ihre Tochter war nicht in der Krabbelgruppe? Und da fragen Sie mich, woher ihre Probleme kommen?«

Heute kann man sich nicht mehr damit herausreden, nichts davon gewusst zu haben. Moderne Eltern leben in der ständigen Angst, an ihren Kindern etwas zu versäumen.

So viel für heute zum Thema Butzele,

Deine Katharina

Bubespitzle

Zutaten

- 500 g gekochte Kartoffeln (1 bis 2 Tage alt),
- 500 g Mehl,
- 1 Ei,
- etwas Muskat,
- 1 Prise Salz

Zubereitung

Die Kartoffeln durch eine Kartoffelpresse drücken und mit dem Mehl, dem Ei und den Gewürzen zu einem festen Teig kneten.

Auf einem bemehlten Backbrett zu fingerlangen und fingerdicken Würstchen formen, in kochendes Wasser geben, nach dem Aufschwimmen mit dem Schaumlöffel herausnehmen und auf dem Backbrett zum Trocknen auslegen.

In einer Pfanne unter öfterem Wenden hellbraun anbacken.

Man kann Bubespitzle nicht nur als Beilage essen. Mit gekochtem Sauerkraut gemischt ergeben sie eine leckere Hauptmahlzeit. Du kannst sie aber auch süß genießen. Dann bestreust Du sie mit Zucker und Zimt und isst Apfelmus dazu. Das wäre vielleicht etwas für Deinen »süßen« Helmut.

Kinderglück im Hühnerstall

Wia 's Wetter, so dr Wend,
wia d' Eltern, so 's Kend.

Liebe Julia,

wie kommst Du nur auf die Idee, ich könnte daran zweifeln, dass Felix das intelligenteste Kind seit Einstein ist? Auch Deine Bedenken dahingehend, dass ich nur noch den ganzen Tag auf der Couch liege, meinen Bauch streichle und Vivaldi-Melodien höre, sind ganz überflüssig. Obwohl ich mir das ausgesprochen angenehm vorstelle. Du solltest mich doch inzwischen gut genug kennen, um die ironischen Töne herauszuhören.

Doch zur Sache! Von Felix gibt es nämlich Neues zu berichten. Letzte Woche kam er freudestrahlend aus dem Kindergarten nach Hause. Nicht nur dass er endlich einen Freund gefunden hatte, nein, er war auch gleich zu seinem Geburtstag eingeladen. Raffael ... Ich ließ mir den Namen auf der Zunge zergehen wie Eiscreme und schmeckte ihm prüfend nach, das heißt, ich unterzog ihn dem Schwabentest. Und der geht so:

Erstens: Prüfe die Betonung auf allen möglichen Silben! Nicht immer betont der Schwabe einen Namen so, wie es allgemein üblich ist. »Renate« zum Beispiel wird hier manchmal auf der ersten Silbe betont.

Zweitens: Prüfe, ob der Name ein »au« enthält! Mit dem »au« stehen die Schwaben nämlich auf dem Kriegsfuß und bestimmte Namen sind deshalb mit Vorsicht zu genießen. »Klaus« zum Beispiel wird von manchen Schwaben mit einem offenen »au« wie in »Frau« gesprochen.

Drittens: Prüfe, ob es gängige Abkürzungen gibt! Du könntest sonst vielleicht eines Tages dein blaues Wunder erleben. Mir könnte hier zum Beispiel das schreckliche Schicksal widerfahren, dass ich Kätter genannt werde.

Viertens: Hänge an den Namen die schwäbische Verkleinerungssilbe »le« an!

Die ersten drei Punkte hatte »Raffael« erfolgreich bestanden und das »le« verlieh dem Namen nichts Schwäbisch-Provinzielles, sondern viel eher etwas Italienisch-Weltmännisches: Raffaele. Oder musste das dann Raffaelele heißen?

Übrigens hat dieses »le« etwas sympathisch Völkerverbindendes. Neulich musste ich beim Bäcker warten, bis die frischen Brezeln aus dem Ofen kamen, als ein kleiner Türkenjunge den Laden betrat und seinen Geldbeutel über die Theke schob.

Die Bäckersfrau wandte sich ihm freundlich zu und fragte: »Und du, Mohammedle, was kriegsch du?«

Worauf Mohammedle den Mund öffnete und in beneidenswert akzentfreiem Schwäbisch »zwoi Brezla und an Kipf« bestellte. (Der »Kipf« ist ein lang geformtes Brot.)

Trotzdem, ich werde Raffael nicht auf meine Namenswunschliste setzen. Wahrscheinlich wird unser Butzele wie Felix blond werden, und Raffael ist ein ausgesprochen schwarzhaariger Name, findest Du nicht? Genauso geht es mir mit Barbara. Der Name gefällt mir wirklich gut, aber eine blonde Barbara kann ich mir einfach nicht vorstellen. Nun, vielleicht habe ich ja Glück und bei unserem Butzele schlägt die schwarzhaarige Großmutter durch.

Die übliche vorgedruckte Geburtstagseinladungskarte brachte Felix nicht mit nach Hause, aber die Erzieherin gab ihm auf Wunsch einen Zettel mit Raffaels Nachnamen und Adresse mit.

Der Wiesenweg war mir unbekannt. Frau Knödler vermutete, er liege im Neubaugebiet, da hätten alle Straßen Blumen- oder Bäumenamen. Also machten wir uns am Dienstagnachmittag auf den Weg, Felix aufgeregt und gut gerüstet mit den neuen weißen Turnschuhen und einem liebevoll verpackten

Legoauto unter dem Arm. Nachdem ich das Neubaugebiet zweimal vergeblich abgefahren hatte, beschloss ich, jemanden zu fragen. Der Erste, den ich traf, war – wie in so einem Fall üblich – ein ganz reizender Mann, der mir schrecklich gern geholfen hätte, aber »leider au net von da« war. Dann fragte ich ein älteres Ehepaar nach dem Wiesenweg. Bis zur ersten Ampel waren sie sich noch einig, aber dann gerieten sie über die Frage, ob ich nun rechts oder links abbiegen müsse, leider sehr heftig in Streit miteinander. Der Mann versuchte, mich zu überzeugen, dass es sehr unvernünftig sei, seiner Frau in dieser Angelegenheit Glauben zu schenken.

»Die ka ja net amal a Straßekart richtig lese. Die muss se erscht in d' Fahrtrichtung drehe. Und bis se die Wörter entziffert hat, wenn se alle uff em Kopf standet, sen mr an dere Abzweigung scho längscht vorbei. Mei Frau hat koi bissle Orientierungssinn, des könnet Se mr glaube.«

»Aber du, gell, du hasch oin. Deshalb hen mr letschdes Jahr au unser Flugzeug nach Teneriffa vrbasst, weil du an dr falsche Ausfahrt rausgfahre bisch und mr an Rieseumweg hen mache müsse und in die blede Baustell komme sen. I han dr glei gsagt, mr müsset die nächschde Ausfahrt nemme. Aber noi, du woisch ja immer alles besser.«

Es war mir außerordentlich peinlich, der Anlass für diesen Ehezwist zu sein. Leider erschien jeder Schlichtungsversuch sinnlos. Und da es zunehmend nach einer Grundsatzdebatte aussah, beschloss ich, die beiden ihrem Schicksal zu überlassen und freundlich grüßend das Weite zu suchen.

Endlich stieß ich auf einen besonders fähigen Wegbeschreiber, der aber offensichtlich nicht bedachte, dass ich den Kurs für intensives Gedächtnistraining noch immer nicht belegt habe. Der Mann in mittleren Jahren ließ in seiner Beschreibung keinen Busch am Wegrand aus und verwirrte mich mit seinen vielen Buckeln, Sträßle, Litfasssäulen, Verkehrsschildern, Ampeln, Tankstellen und Wasserhydranten dermaßen, dass ich dankend um die erste angewiesene Ecke bog und beschloss, das nächste Mal eine Frau zu fragen. Frauen sind praktisch und werden verstehen, wenn ich nicht mehr als drei Kreuzungen auf einmal im Kopf behalten kann. Genauso war's.

Die nette junge Frau mit Kinderwagen warf nur einen kurzen Blick auf meinen Zettel und sagte dann: » Des muss dr Burrehof sei. Da sind Se jetzt aber ganz falsch. Da müsset Se nomal a Stück zrückfahre.« Und sie lieferte mir eine kurze und absolut brauchbare Wegbeschreibung.

»Ein Bauernhof?«, sagte ich zu Felix. »Glaubst du, dass das stimmen kann?«

»Klar. Der Raffael hat erzählt, dass sie Kühe und Hühner und Katzen und Gänse und einen Traktor haben«, berichtete Felix begeistert.

»Und das sagst du mir erst jetzt?«

»Hast mich ja nich gefragt«, bekam ich gelassen zur Antwort.

Ohne Beschreibung hätten wir den Hof wohl nie gefunden, denn er lag ziemlich abseits. Die Gebäude sahen alt und recht renovierungsbedürftig aus. Neben der Eingangstür befand sich eine Töpferwerkstatt, gegenüber eine Glastür mit der Aufschrift *Demeter*.

Vor der Haustür standen Gummistiefel, im Schwäbischen auch Rohrstiefel genannt, in allen Größen, Farben und Schmutzschattierungen, nur ein Klingelknopf war leider nirgends zu finden.

Zum Glück trat in dem Moment ein junger Mann aus der Tür und sagte: »Ganget Se no nei. D' erschde Dür rechts isch d' Küch. Aber des höret Se scho.«

So nett aufgefordert traten wir ein und standen in einem langen, dunklen Flur. Der junge Mann hatte recht, der Weg in die Küche war leicht zu finden.

Dass es auch Küchen dieser Art im Ländle gibt, war mir bisher verborgen geblieben. Es herrschte gemütliches Chaos überall und mittendrin, rund um einen großen Holztisch saßen vier junge Frauen und gingen stillend bis strickend ihrer Hauptbeschäftigung, dem Schwätzen, nach. Wir wurden freundlich begrüßt, Felix eine Waffel in die Hand gedrückt und zu den anderen Kindern in den Stall geschickt. Mir schob man einen der vielen Henkelbecher Marke »Angeschlagene Sammeltasse« zu und forderte mich ganz selbstverständlich zum Bleiben auf. Ich zierte mich nicht lange, denn die frischen Waffeln und Schneckennudeln dufteten verführerisch. Außerdem war eine der Frauen ebenfalls schwanger, allerdings schon viel heftiger als ich, und so kamen wir gleich ins Gespräch.

Das ist das Schöne am Muttersein. Da mögen Weltanschauungen zwischen uns liegen, die Liebe zu unseren Kindern verbindet uns. Alle Macht den Müttern und wir werden die Kriege zu Grabe tragen. Oder vielleicht doch nicht? Mir fällt gerade ein, welche Grabenkämpfe da manchmal im Sandkasten ausgetragen werden. Nein, ich denke jetzt nicht an Tobias, der Volker seine Sandschaufel auf den Kopf haut. Ich denke an Volkers Mutter, die wie eine Furie auf die Tobias-Mutter losgeht. Während Tobias und Volker schon wieder einträchtig im gleichen Loch buddeln, stehen sich die Mütter noch immer wie Kampfhähne gegenüber.

Doch zurück in die alternative Küche. Ein fröhlich sabberndes Kleinkind wurde liebevoll von Schoß zu Schoß gereicht, bis es ganz selbstverständlich auch bei mir landete, wo es einen etwas strengen Geruch verbreitete und eine feuchte Wärme auf meinen Knien hinterließ. Wer die Mutter der kleinen Sina war, war nicht auszumachen, denn jede der Frauen küsste und drückte sie gleichermaßen herzlich und nannte sie liebevoll Scheißerle, Lompedock, Krott, Bobbele, Krambes und Mockele. Ich habe mich immer noch nicht an die Art der Schwaben gewöhnt, ihrer Zärtlichkeit Ausdruck zu verleihen. Neulich habe ich gehört, wie eine Mutter ihren Sohn »Du kloiner Kotzbrocke« genannt hat, und ob Du's glaubst oder nicht, dem Ton war zu entnehmen, dass sie das ganz liebevoll meinte. So gesehen bin ich froh, dass Martin kein Schwabe ist.

Die Familienverhältnisse auf dem Burrenhof waren ohnehin etwas undurchsichtig. Als ein kleines Mädchen meinen Küchenstuhl kreuzte und ich es fragte, ob es die Schwester von Raffael sei, zuckte es die Schultern und antwortete: »Woiß net, d' Veronika halt.«

Die Frauen fanden diese Antwort offensichtlich durchaus in Ordnung und keineswegs erheiternd. Als wenig später ein junger Mann – Typ Christusdarsteller aus Oberammergau – die Küche betrat, verkniff ich mir deshalb die Frage, ob er der Vater von Raffael sei. Ich befürchtete, er könne die Achseln zucken und sagen: »Woiß net, dr Heiner halt.«

Zum Gespräch konnte ich leider wenig beitragen. Aus meiner Kölner Kaffeeklatsch-Zeit bin ich geübt in Themen wie: »Was haltet Ihr von der Trennkost-Diät?« und »Was finden Männer nur an Claudia Schiffer?« Dieses Thema ist für einen Kaffeeklatsch sehr geeignet, da sich hier alle einig sind. Frauen suchen im Gespräch schließlich nicht die Konfrontation, sondern die Bestätigung ihrer Meinung. Als ich das noch nicht wusste, kam in einer Frauenrunde einmal die Rede auf schlampige Ehemänner. Ich kann in dieser Beziehung wirklich nicht über Martin klagen. Das habe ich dummerweise auch gesagt, worauf die Atmosphäre ein wenig frostig wurde. Zum Glück konnte ich dann wenigstens einwerfen, dass Martin es versäumt, seine Socken zusammenzuschlüpfen, bevor er sie in die Schmutzwäsche wirft, und sich anschließend beschwert, wenn er verlassene Einzelsocken in der Schublade findet. Das brachte mir dann wieder ein paar Sympathien ein. Es ist doch wirklich komisch, dass diese verschwundenen Socken-Partner oft nie wieder auftauchen. Dass Ehemänner auf dem Weg zum Zigarettenholen auf Nimmerwiedersehen verschwinden, habe ich schon gehört, aber wie machen das die Socken? Da rätselt alle Welt über das mysteriöse Verschwinden von Schiffen und Flugzeugen im Bermuda-

Dreieck, aber wer spricht vom spurlosen Verschwinden der Socken in der Waschmaschine? Findest Du nicht, dass das ein ausgesprochen interessantes Thema für eine Doktorarbeit wäre? Wen interessieren schon die Stammesriten der Ureinwohner der Kiki-Kaka-Inseln? Aber das Verschwinden von Socken auf dem Weg vom Waschkorb in den Wäscheschrank, das interessiert nicht nur jede zweite Hausfrau, sondern auch jeden dritten Ehemann – mindestens.

Mein Fauxpas mit dem ordentlichen Ehemann war allerdings noch gar nichts im Vergleich zu Frau Rösner. Sie wagte bei meinem letzten Kölner Kaffeeklatsch zu bemerken, sie wisse gar nicht, wie sie früher als »Nur-Hausfrau« den Tag herumgebracht habe, alles sei schließlich eine Frage der Organisation und des rationellen Arbeitens. (Das hättest Du ihr mal vor einem Jahr sagen sollen, sie hätte Dir die Augen ausgekratzt, voll ausgelastet, wie sie mit ihrem Haushalt damals war.)

»Meine Kinder sind auch viel selbständiger geworden, seit ich wieder berufstätig bin, und mein Mann ist richtig stolz auf mich. Ich hätte das schon viel früher machen sollen!«

Kaum hatte Frau Rösner die Runde verlassen (berufstätige Frauen haben natürlich nicht mehr so viel Zeit zum Kaffeetrinken), trat wieder friedliche Harmonie in der Runde ein. Jede der Frauen hatte etwas Liebenswürdiges über Frau Rösner zu bemerken.

»Das ganze Geld, das sie verdient, geht für die Putzfrau, die Nachhilfestunden und die teuren Kleider drauf, die sie jetzt braucht.«

»Die arme Familie kriegt nur noch Tiefkühlkost und Fertiggerichte serviert. Also, mein Mann würde mir was husten. Das kann doch auch nicht gesund sein!«

»Neulich habe ich ihre Silke in der Stadt gesehen, händchenhaltend mit einem Freund. Mit dreizehn! Also, auf die Art von Selbständigkeit kann ich bei meinen Kindern gern verzichten!«

Ich sehe wirklich schwarz für die Frauenbewegung bei so viel Solidarität im eigenen Lager!

Falls Dir an einer harmonischen Runde gelegen ist, dann kann ich Dir das Thema »Claudia Schiffer« wie gesagt wärmstens empfehlen, denn hier sind berufstätige und nicht-berufstätige Frauen einer Meinung. Es empfiehlt sich allerdings nicht, dieses Thema in Gegenwart von Männern zu erörtern, weil bei Männern todsicher irgendwann der Spruch »Bist du etwa neidisch?« fällt, der das Gespräch abrupt beendet.

Durch Claudia Schiffer kommt man dann unweigerlich auf das Thema »Barbie-Puppe«, bei dem sich auch alle Anwesenden einig sind. Alle finden sie schrecklich, aber alle kaufen sie ihren Töchtern irgendwann, was uns Bubenmütter sehr beruhigt, weil wir alle Pistolen ablehnen und sie unseren Söhnen doch irgendwann erlauben. Du siehst, konsequente Ansichten in der Erziehung sind nur durchzuhalten, solange man keine eigenen Kinder hat.

Solche Themen schienen in der Burrenhofküche niemanden zu interessieren. Auf die hier relevante Frage, ob Andrea in ihrem Zustand an der Demonstration gegen die geplante Mülldeponie teilnehmen sollte oder nicht, war ich schlichtweg nicht vorbereitet. Nun habe ich aber bei den Schwaben schon einiges gelernt. Wenn du dir zu einer Frage noch keine Meinung gebildet hast, dann sagst du einfach: »Tja also, was soll i jetzt da drzu sage?« Das akzeptiert jeder Schwabe. Denn er ist von Haus aus kein vorschneller Schwätzer, sondern einer, der die Dinge gern bedächtig hinterfragt und von allen Seiten beleuchtet. Und das dauert natürlich seine Zeit. Mit diesem von den Schwaben gern gebrauchten Satz kannst du dir nur Freunde schaffen. So war's auch hier.

Die Diskussion war noch zu keinem Ergebnis gelangt, als ein paar Kinder in die Küche stürmten. Irgendwie sahen sie sich unheimlich ähnlich: schmutzig, rotbackig, gesund, laut und fröhlich. Im Moment auch etwas aufgeregt.

»D' Anna isch vom Baum raghagelt!«, verkündete eins.

»Raghagelt« bedeutet heruntergefallen.

Kannst Du Dir vorstellen, welche Reaktion dieser Satz in einer »normalen« Mütterrunde ausgelöst hätte? Und hier? Kein spitzer Aufschrei, kein Ruf nach dem Arzt, kein aufgeregtes Aufspringen und Nachdraußenstürmen, nur die lakonische Frage: »Isch ebbes bassiert?«, und die ebenso lakonische Antwort: »Noi, i glaub net. 's war net arg hoch. Se plärrt halt.«

»Wenn se net uffhört, na bringsch se halt her.«

Mit diesem Auftrag trollten sich die Kinder wieder, nicht ohne sich vorher noch eine Wegzehrung mitzunehmen. Stürze vom Apfelbaum schienen hier an der Tagesordnung zu sein und niemanden aus der Ruhe zu bringen.

Ach Julia, was für ein herrlicher, stinknormaler Kindergeburtstag! Keine Einladung zu McDonalds, kein Ausflug ins Erlebnisbad und kein gemieteter Zauberer, keine Kinder, die vor dem Fernseher geparkt werden, keine genervte Mutter und keine unruhige Nacht mit Schüssel vor dem Bett.

Neulich wurde bei der Volkshochschule ein Kurs angeboten: *Wir planen und gestalten einen Kindergeburtstag*. Findest Du das noch normal? Ist doch schlimm genug, wenn die Erwachsenen im Urlaub ohne Animateur nichts mehr mit sich anzufangen wissen. Dass wir Mütter jetzt zum Animateur unserer Kinder ausgebildet werden, das finde ich schlicht und ergreifend pervers. Müssen wir uns da noch wundern, wenn sie uns an ihrem achtzehnten Geburtstag die Wahl zwischen einem Porsche und einer dreiwöchigen Australienreise lassen?

Ich denke, ich werde in nächster Zeit noch oft zum Wiesenweg fahren. Felix hat sein Kinder-Paradies gefunden und fast beneide ich ihn ein bisschen darum.

Versteh mich bitte nicht falsch. Ich mache mir keine Illusionen, im Gegenteil, ich kann mir schon lebhaft ausmalen, was da auf mich zukommt: noch öfter der Kampf um Tischmanieren und unaussprechliche Schimpfwörter, endlose Diskussionen um süße kleine Katzen im Haus und niedliche rosige Ferkel im Garten und schlaflose Nächte, weil Felix bei der nächsten Demonstration unbedingt mitmarschieren und das Spruchband tragen will.

Sollte mir das alles einmal über den Kopf wachsen, dann erinnere mich bitte daran, dass das alles nichts zählt gegen ein Kinderglück auf dem Apfelbaum und im Hühnerstall. Wo gibt es das heute noch im Zeitalter der Fernseh-und Computerkinder? Und gesund ist es allemal. Kannst Du Dir vorstellen, dass Felix freiwillig sieben Vollkornwaffeln gegessen hat? An so etwas würde er bei mir nicht einmal riechen!

Aber beim Essen blamiert mich Felix ohnehin, so gut er kann. Ist er anderswo zum Essen eingeladen, dann pickt er entweder nur lustlos auf dem Teller herum und gibt mir auf die Frage, ob er der Hausfrau denn wenigstens gesagt habe, dass es geschmeckt hat, zur Antwort: »Wieso, hat's doch gar nicht!« Oder er isst so viel, dass er den Eindruck erweckt, ich sei eine ganz miserable Köchin. Nun, Du siehst, Kinder haben es auch nicht leicht, es ihren Eltern recht zu machen.

So viel für heute zum Thema Kindergeburtstag und grünalternative Bauernkommune,

Deine Katharina

Raue Schale, weicher Kern

En ällem isch Bschiss,
bloß en dr Milch isch Wasser.

Liebe Julia,

es tröstet mich, dass auch in Deinem Haushalt verlassene Single-Socken ihr Dasein fristen. Was hat denn Helmut für eine Schuhgröße? Wir könnten ja mal schauen, ob zufällig etwas zusammenpasst.

Übrigens hat mir neulich eine Verkäuferin den Tipp gegeben, nur gleiche Sockenpaare zu kaufen. Sie dachte dabei wohl eher an Löcher in den Strümpfen. Die Frauen, die noch Socken stopfen, sind offensichtlich im Abnehmen begriffen. Aber es wäre sicher auch eine Möglichkeit, um traurige Einzelsocken wieder paarweise zu ergänzen. Leider findet Martin lauter gleiche Socken langweilig, aber vielleicht klappt die Sache bei Helmut.

Ich habe übrigens richtig vermutet: Der Burrenhof zieht Felix an wie ein Magnet, und inzwischen brauche ich keinen Lotsen mehr, um dorthin zu finden. Gestern war Felix ganz aufgeregt, als ich ihn abends dort abholte.

»Mama, ich hab zugucken dürfen, wie die Suse besamt worden ist!«

Mein Mutterherz setzte einen Herzschlag lang aus und klopfte dann umso heftiger weiter.

»Die haben dich zugucken lassen, wie …?«

»Bloß, weil die Suse meine Lieblingskuh ist. Und weil ihr Kälble Felix heißen soll wie ich, wenn's ein Junge wird. Hoffentlich wird's ein Junge.«

Na ja, vielleicht war's gar nicht so schlecht, wenn Felix jetzt wusste, wie die Sache funktionierte. Immer noch besser, als die

Bienen als Anschauungsobjekt zu missbrauchen. Wenn ich genau darüber nachdenke, hinkt der Vergleich mit den Bienen und den Blumen doch ganz gewaltig. Das Schwierige an der Aufklärung ist nämlich gar nicht die berühmte Frage »Wo kommen die kleinen Kinder her?«, sondern die, von der komischerweise keiner spricht, nämlich »Wie kommen sie da hinein?«. Ich hatte schon etwas beklommen auf diese Frage gewartet.

»Tut das der Kuh nich weh?«, wollte Felix wissen.

»Aber nein«, beruhigte ich ihn.

Vielleicht sollte man Kinder da doch nicht zuschauen lassen.

»Du, das war aber so 'n Ding!« Felix zeigte mit den Händen eine Spanne von der Wagenmitte bis zum Fenster.

»Also Felix, jetzt übertreibst du aber«, sagte ich und wurde, ob Du's glaubst oder nicht, rot dabei.

»Na ja«, gab Felix zu und schob seine Hände ein kleines bisschen näher zusammen, »aber so ganz bestimmt.«

Die Ausmaße waren noch immer beeindruckend.

»Du musst das doch wissen. Du kriegst ja auch 'n Baby. Aber vielleicht isses bei Menschen nich so groß, oder?«

Du magst mich jetzt vielleicht für prüde halten, aber es ist mir wirklich peinlich, dieses Thema mit meinem fünfjährigen Sohn zu erörtern.

Allerdings kann er sehr hartnäckig sein. »War die Spritze bei deinem Doktor auch so groß? Nun sag doch mal!«

»Welche Spritze denn?«

Ich war wirklich etwas schwer von Begriff. Felix' Ungeduld war durchaus verständlich.

»Na die, mit der der Doktor den Samen in dich reingetan hat. Was denkst du denn?«

Eine gute Frage, die ich lieber unbeantwortet ließ. Ich verschob den eigentlich jetzt notwendigen Teil der Aufklärung auf einen späteren Zeitpunkt.

Liebe Julia, wie findest Du es, dass man den armen Kühen nicht mal das bisschen Vergnügen gönnt, wo sie den ganzen

Tag angekettet im dunklen Stall stehen müssen? Und unsere Kinder denken dann, das Leben würde mit der Spritze gezeugt! Obwohl, vielleicht haben sie ja gar nicht so unrecht. Wer weiß, ob bei meinen Enkelkindern die künstliche Befruchtung nicht das Normale ist und die natürliche die exotische Ausnahme von der Regel?

Erst neulich hatte ich zu diesem Thema ein interessantes Gespräch mit Frau Nägele. Da staunst Du, was? Es begann damit, dass Frau Nägele mich auf der Treppe sitzend fand, als sie mit dem Briefkastenschlüssel aus ihrer Wohnung kam.

»Jesses, Frau Sander, fehlt Ihne ebbes? Isch's Ihne net gut? Sie sehet ja aus wie's Kätzle am Bauch!«

Es nützte nichts, dass ich ihr versicherte, das habe nichts zu bedeuten, es sei nur der Kreislauf, das komme in letzter Zeit öfter vor und gehe gleich wieder vorbei. Eh ich mich versah, lag ich auf ihrer Couch, ein dickes Kissen unter dem Kopf und eins unter den Beinen.

»Sie soddet des net auf d' leichte Schulter nehme. Schließlich sind Se au nemme d' Jüngschde.«

Oh, wie ich Frau Nägele für solche Sätze liebe! Sie ist immer so direkt und offen. Schlimm genug, wenn Doktor Jordan mich eine Spätgebärende nennt. Aus seinem Mund trifft mich das besonders hart. Jede Minderheit hat inzwischen eine Lobby, die ihre Rechte vertritt. Selbst die Mohrenköpfe und Negerküsse dürfen nicht mehr ungestraft so genannt werden. Aber mich darf jeder eine Spätgebärende schimpfen, ohne dass ich mich dagegen wehren kann. Schon das Wort »Gebärende« finde ich schrecklich. Neulich habe ich irgendwo gelesen, nach dem Kopfstand sei das Liegen so ziemlich die ungünstigste Stellung, um ein Kind zur Welt zu bringen. Wie findest Du das? Das zeigt doch wieder einmal, dass die Naturvölker, die ihre Kinder in der Hocke zur Welt bringen, uns in vielem haushoch überlegen sind. Ich sag's ja immer: Zurück zur Natur! Aber auf mich hört ja leider keiner.

»So, des nehmet Se jetzt. Des hilft«, sagte Frau Nägele und schob mir energisch einen Würfelzucker mit Melissengeist entgegen.

Du weißt, dass mir von Melissengeist schon in normalem Zustand schlecht wird, aber im Moment erzeugt allein schon der Gedanke an seinen Geruch mir heftigen Brechreiz. Aber alle meine Beteuerungen, es gehe mir schon wieder viel besser und überhaupt nähme ich im Moment gar keine Medikamente, halfen mir nicht.

»Des isch koi Medikament, des isch Medizin. Und jetzt stellet Se sich net so a. Des hat scho mei Mutter gnomme und die isch über neunzig worde.«

Ein Argument, dem ich nichts mehr entgegensetzen konnte. Ich schloss die Augen, schluckte tapfer und überlegte, dass ich Frau Nägele unbedingt einmal mit Tante Clärchen bekannt machen müsse. Tante Clärchen schwört nämlich auch auf Melissengeist, egal ob gegen Schlaflosigkeit, Hühneraugen, Verdauungsprobleme oder Krampfadern. Und ich muss zugeben, dass Tante Clärchen trotz ihrer dreiundsiebzig Jahre ausgesprochen fit und munter ist.

»Sie soddet sich wirklich a bissle meh schone. Dr Felix isch an astrengender Kerle.«

Mein Mutterinstinkt gebot mir, meinen Sprössling heftig in Schutz zu nehmen.

»Mir brauchet Se nix verzähle«, winkte Frau Nägele ab. »Mei Stefan isch au amol a kloiner Kerle gwese. Jeh, was hat der net alles agstellt!«

Dass ihr Stefan einmal »a kloiner Kerle« gewesen war, diese Vorstellung fiel mir wirklich nicht ganz leicht. Inzwischen ist er ein breitschultriger Hüne von einem Meter neunzig mit Vollbart. Aber umgekehrt geht es mir mit Felix genauso. Wenn ich einem schlaksigen, pubertierenden Jüngling begegne, mit Pickeln im Gesicht und rüpelhaften Manieren, dann versuche ich manchmal, mir Felix so vorzustellen, und lasse es schnell wieder sein, denn es gelingt mir ohnehin nicht. Außerdem bin ich ganz sicher, dass Felix dieses angeblich so unerfreuliche Stadium des aufmüpfigen, widerborstigen Heranwachsenden einfach überspringen wird. Stattdessen sehe ich ihn, wie er mich als junger Mann, schick, charmant und gutaussehend, ins Theater begleitet, verfolgt von den neidischen Blicken anderer Frauen meines Alters.

»Sind Se no froh und dankbar für Ihre Kender«, sagte Frau Nägele. »Mei Stefan und sei Sabine, die hen ja scho alles probiert, aber 's klappt oifach net. Acht Johr sen se scho verheiratet. 's isch scho a rechts Elend.«

Und damit hatte Frau Nägele eine Schleuse geöffnet.

Liebe Julia, falls Du irgendetwas über künstliche Befruchtung wissen willst, dann wende Dich vertrauensvoll an mich. Ich bin inzwischen über alle Einzelheiten bestens informiert, egal ob es sich um Kühe oder Menschen handelt.

Das Thema war mir wirklich peinlich, nicht grundsätzlich, sondern wegen Stefan und Sabine. Ich bin überzeugt, die beiden sehen mir an der Nasenspitze an, dass ich ihre komplette Behandlungsgeschichte kenne, wenn ich ihnen das nächste Mal im Treppenhaus begegne. Und ich kann mir nicht vorstellen, dass ihnen das besonders angenehm ist.

»Wisset Se, Frau Sander, i han des ja bisher no koim verzählt. Des goht ja au eigentlich niemand ebbes a.«

Recht hat sie!

»Aber irgendoim han i des amol sage müsse. Und mei Ma, der will da drvo nix wisse. Der sagt, mr sodd em liebe Gott net ins Handwerk pfusche.«

Ein kluger Mann, der Herr Nägele. Die künstliche Befruchtung mag ja noch angehen, aber wo fängt etwas an und wo hört es auf? Schon manipulieren die Wissenschaftler eifrig an den Genen herum. Eines nicht mehr allzu fernen Tages werden wir unsere Kinder wie Kuchen backen. Man nehme ein Pfund Intelligenz, ein halbes Pfund Schönheit, zweihundert Gramm Musikalität, zwei blaue Augen, hundert Gramm

Temperament, einen Teelöffel Charme und eine Prise Humor – fertig ist das Wunschkind! Und wem es zu lästig ist, den eigenen Ofen anzuheizen, der lässt es dann gleich von einer Leihmutter austragen.

Andererseits wirft das auch ganz neue Probleme auf. Manche Ehepaare können sich ja nicht einmal über den Bezugsstoff ihrer Couch einigen. Vielleicht heißt es dann nicht nur »lieber blond« oder »lieber schwarz«, sondern womöglich: »Aber wir müssen aufpassen, dass es nicht so eine große Nase wie dein Vater bekommt.«

»Was hast du gegen die Nase meines Vaters? Immer noch besser, als wenn's das böse Mundwerk deiner Mutter erbt.«

Und schon ist der schönste Streit im Gang. Da wird die Bestellung möglicherweise gar nicht mehr aufgegeben. Außerdem werden ganze Berufsstände vom Aussterben bedroht sein, die Kieferorthopäden zum Beispiel. Zahnspangen werden wir dann nicht mehr brauchen, denn wer wird sich schon ein Kind mit schiefen Zähnen bestellen. Auch die Segelohren, die Himmelfahrtsnasen und die O-Beine werden aussterben. Wie langweilig, wenn nur noch makellose Menschen unsere Erde bevölkern. Ach, wie ich mich auf unser Überraschungs-Kind freue! Stell Dir vor, ich müsste mir dauernd überlegen, ob ich bei der Bestellung etwas Wichtiges vergessen habe. Und womöglich heult sich meine Tochter in zwanzig Jahren die Augen aus, weil ich sie mit einem zu kleinen Busen oder mit braunen Haaren bestellt habe.

Woher soll ich wissen, was ihr gefällt? Wenn ich von makellosen Gen-Tomaten lese, dann greife ich begeistert zur Matsch-Tomate, sofern sie sich als solche zu erkennen gibt, und denke besorgt an den Zauberlehrling. Ich kann nur hoffen, dass der Meister eingreift, bevor es zu spät ist.

»Und vielleicht hat 'r ja recht.«

Du merkst, wir sind wieder bei Frau Nägele, und die spricht von ihrem Mann und seinen Vorbehalten gegen die künstliche Befruchtung.

»Wenn Fraue des no mit fuffzig verzwinge wellet, na isch des gwieß net recht. Aber d' Sabine isch doch no jung, und se wellet halt so gern a Kendle, des ka mr doch verstande.«

»So isch's na au wieder«, würde ich jetzt denken, wenn ich eine Schwäbin wäre. So isch's na au wieder: Ich bin nicht mehr die Jüngste, aber die Sabine ist noch jung, dabei ist sie höchstens fünf Jahre jünger als ich. Du merkst, Frau Nägeles Bemerkung hat mich getroffen. Ich bin überhaupt in letzter Zeit etwas empfindlich.

»Und wenn Se mal a Kendsmagd brauchet für des Butzele, gell, Sie könnet mr's jederzeit bringe«, sagte Frau Nägele und tätschelte unbeholfen liebevoll meine Hand.

Ich entdeckte ganz neue Seiten an ihr. Da steckt offensichtlich ein guter, weicher Kern unter der rauen Schale. So sind sie eben, die Schwaben, zuerst zurückhaltend, wortkarg und fast ein bisschen abweisend, aber wenn sie einen erst einmal ins Herz geschlossen haben, dann hat man einen festen Platz darin. Seit ich mit Frau Nägele das Geheimnis der künstlichen Befruchtung teile, verstehen wir uns blendend. Frau Nägele hat mir das natürlich unter dem Siegel der Verschwiegenheit erzählt, und das tue ich hiermit auch. Das Gleiche erwarte ich selbstverständlich auch von Dir, wenn Du es weitererzählst.

So viel zum Thema »Künstliche Befruchtung« und »Genmanipulation«. Ich hoffe, ich habe Dich nicht gelangweilt, aber wenn man schwanger ist, dann geht man auch mit manchem Problem schwanger, das einen sonst vielleicht gar nicht so sehr berührt.

Du solltest Dir wirklich langsam Kinder anschaffen. Denk dran, Deine biologische Uhr tickt! Und mit Kindern ist es fast wie mit Melissengeist. Sie sind gegen so vieles gut: gegen Selbstmitleid und Eitelkeit, gegen Egoismus und Depressionen und gegen den Und-nach-mir-die-Sintflut-Standpunkt. Und lass Dir bloß nicht einreden, es sei unverantwortlich, in unsere Welt ein Kind zu setzen. Wirklich unverantwortlich ist es, unsere Welt Leuten zu überlassen, die schon resigniert haben. Wenn diese Welt noch zu retten ist, dann von intelligenten, phantasievollen Menschen, die sich etwas einfallen lassen. Also, mach Dich an die Arbeit! Ich bin sicher, dass Dir ein Prachtexemplar dieser Spezies gelingen wird. Und dann wirst Du plötzlich eine Menge Dinge entdecken, für die es sich zu kämpfen lohnt.

Ich will deshalb auch gar nicht ausschließen, dass ich mich eines Tages den Protestmärschen der Burrenhof-Kommune anschließen werde. Mir fehlt nur noch ein wenig Mut. Aber wenn sie gegen die Gentomate marschieren, dann bin ich in jedem Fall dabei. Kommst Du mit? Wir haben uns schon so lange nicht mehr gesehen. Wäre das nicht ein guter Anlass?

Deine Katharina

PS: In diesem Zusammenhang fällt mir ein Spruch ein, den ich neulich gelesen habe: *Jedes neugeborene Kind bringt die Botschaft, dass Gott sein Vertrauen in den Menschen noch nicht verloren hat.* Ich finde, das ist ein sehr hübscher Gedanke. Mich beunruhigt nur die Tatsache, dass immer mehr Menschen unfruchtbar sind. Ob das bedeutet, dass Gott doch langsam die Geduld mit uns verliert?

’s isch alles bloß a Weile schee

A Onkel, wo ebbes brengt,
isch besser als a Tante,
wo bloß Klavier spielt.

Liebe Julia,

erinnerst Du Dich, dass ich in meinem letzten Brief davon sprach, dass ich Frau Nägele und Tante Clärchen miteinander bekannt machen sollte? Nun, manchmal geschehen die Dinge schneller, als man denkt.

Unser Butzele war wohl der Meinung, es sei nun lang genug brav gewesen. Jedenfalls hat Doktor Jordan mir, nachdem ich letzte Woche eine leichte Blutung hatte, vorsichtshalber eine Woche Bettruhe verordnet. Natürlich möchte ich kein Risiko eingehen, denn wir freuen uns schon so. Aber nun verrate mir bitte, wie man mit einem Fünfjährigen eine Woche strenge Bettruhe einhält?

Die Rettung nahte in der Person von Tante Clärchen. Sie besucht uns ja ohnehin jedes Jahr für ein paar Tage und konnte zum Glück gleich kommen. Und so haben sich Frau Nägele und Tante Clärchen schneller kennengelernt, als ich dachte. Tatsächlich teilen die beiden nicht nur ihre Vorliebe für Melissengeist. Beide sind auch bekennende Leserinnen der Regenbogenpresse und tauschen begeistert ihre Informationen über die europäischen Königshäuser aus. Wobei sie durchaus nicht immer einer Meinung sind, was dem Gespräch mitunter eine gewisse Würze verleiht.

»Die Diana, des isch doch a ganz raffinierts Lumpemensch«, sagte Frau Nägele neulich. »Erscht spielt se ’s Chrischtkendle mit ihrem oschuldige Augeuffschlag, und na zieht se dem arme Kerle d’ Hose ronter. 39 Millione Abfindung kriegt die, des muss mr sich mal vorstelle, 39 Millione! Und oi Million Unterhalt jährlich no drzu!«

»Ach Jeld, wat es schon Jeld«, seufzte Tante Clärchen. »Jeld macht doch nit jlöcklich.«

»Ha, mi dädet 39 Millione scho a bissle glücklich mache, so isch's net.«

»Also, wenn Se mich frare, dann es dat Diana e janz ärm Dier. Wat dat all metemaht hät. Denke Se doch bloß ens an sing Magersucht, dat kom doch nit von unjefähr«, nahm Tante Clärchen die Prinzessin in Schutz.

»Ha, dass i net lach! Da han i Leut scho für weniger spucke sehe. I zum Beispiel im letschde Jahr, wo i die schlimme Darmgripp ghet han. Also für 39 Millione wär mr 's Rückwärtsesse gwieß leichter gfalle, des dürfet Se mr glaube«, meinte Frau Nägele. »Des wär vielleicht überhaupt gar koi schlechte Idee. Da kasch esse, soviel de willsch, und nimmsch trotzdem ab. Des sodd mr sich vielleicht als neue Diät-Idee patentiere lasse.«

»Also ich finge dat nit zum Laache«, empörte sich Tante Clärchen. »Dat es en änzzenemmende Krankheit. Und woröm dat all? Nur, weil dä Charles ne leevlose Kääl es, und weil hä se betroren hät met der Camilla.«

»Und sui? Was hat sui gmacht mit ihrem Reitlehrer? Ha, da dreh i doch d' Hand net rom! Gucket Se se doch a, na wisset Se älles: Dr Ausschnitt wird immer größer und d' Röck immer kürzer. Nemme lang und d' nackede Haut trifft sich in dr Mitte. Na hat d' arm Seel a Ruh. I muss zugebe, schene Fiaß hat se ja, aber trotzdem ...«

Du wunderst Dich, woher Frau Nägele das weiß, obwohl Diana auf allen Fotos Schuhe trägt? Nun, das ist ganz einfach. Mit »de Fiaß« bezeichnet der Schwabe nämlich die Beine. Sollte also ein Schwabe zu Dir sagen, dass Du »obache lange Fiaß« hast, dann bedeutet das nichts anderes, als dass Deine Beine besonders lang sind. Durchaus ein Kompliment also, auch wenn es sich vielleicht nicht so anhört. Das haben schwäbische Komplimente manchmal so an sich.

Sollte das Thema Adelsfamilien erschöpft sein, so geht Tante Clärchen und Frau Nägele noch lange nicht der Gesprächsstoff aus, denn es gibt immer noch Doktor Müller-Wohlgemut, der in seiner Kolumne *Neues aus der Medizin* im »Silbernen Blatt« jede Woche über neue alternative Heilmethoden und Wundermittel berichtet.

Ich bin überzeugt, dass Frau Nägele eine Lieblingskundin von Herrn Vollmer, dem Apotheker, ist. Sie kauft alles, was ewige Jugend und geistige Frische verspricht, und das ist weder wenig noch billig.

Da Tante Clärchen früher Krankenschwester war, ist ihr das Thema Ärzte natürlich bestens vertraut, und Frau Nägele ist eine dankbare Zuhörerin. Zum Beispiel dann, wenn Tante Clärchen ihr die Geschichte von Professor Staudenmeyer erzählt, den seine Frau mit dem hübschen jungen Assistenzarzt betrogen hat. Und dabei konnte der dem Professor nicht das Wasser reichen, wenn man Tante Clärchen glauben darf. Diese Geschichte liegt jetzt fast vierzig Jahre zurück. Professor Staudenmeyer war Tante Clärchens Chef und ganz offensichtlich auch ihr Schwarm. Wer weiß, vielleicht war er sogar der Grund dafür, dass Tante Clärchen nie geheiratet hat.

Ach, so eine unerwiderte Liebe hat doch etwas ungeheuer Romantisches, sofern man sie nicht selbst erlebt, findest Du nicht? Nicht auszuschließen, dass es mir auch so gegangen wäre, wenn ich Doktor Jordan früher begegnet wäre. Aber ohne Martin hätte er ja gar nicht meinen Weg gekreuzt. Und wegen Martin ist das »Chambre séparée« in meinem Herzen schon besetzt. Ach, verflixte Logik! Zum Glück ist für Doktor Jordan noch das Kämmerchen frei, in dem die Teenager-Gefühle wohnen. Da fühl ich mich wie sechzehn …

Apropos sechzehn: Kannst Du Dich noch erinnern, wie wir jeden Nachmittag stundenlang vor dem Haus vom Zahnarzt Roth auf der Lauer gelegen haben, nur um einen kurzen Blick auf seinen Sohn, den schönen Horst, zu erhaschen? Ein Glück, dass ihm die dralle Eva mit den krummen Beinen besser gefallen hat als wir beide, der Himmel mag verstehen, warum. Es wäre vielleicht das Ende unserer Freundschaft gewesen, wenn er eine von uns erwählt hätte. Nicht auszudenken!

Doch zurück zu Tante Clärchen. Du kannst Dir gar nicht vorstellen, wie dankbar ich Frau Nägele bin, dass sie sich all diese Geschichten geduldig anhört. Sie hört sie natürlich auch alle zum ersten Mal, während ich sie schon auswendig kenne. Nicht dass Du mich missverstehst. Ich mag Tante Clärchen sehr, aber mitunter ist sie ziemlich anstrengend. Das hat sie mit Felix gemeinsam. Ebenso wie ihre Angewohnheit, mir wie ein sprechender Schatten überallhin zu folgen. Mit dem kleinen, entscheidenden Unterschied, dass Tante Clärchen wenigstens so taktvoll ist und vor dem Badezimmer Halt macht. Eine Fluchtburg, die Felix in keinster Weise respektiert. Es bereitet ihm ganz offensichtlich ein diebisches Vergnügen, mich gerade da zu stören. Da Tante Clärchen vormittags den Haushalt erledigt, wenn Felix im Kindergarten ist, und Felix nachmittags zu Hause ist, wenn Tante Clärchen Frau Nägele besucht, bin ich eigentlich nie allein. Das hört sich sehr schön an, aber es gibt da ein Problem. Hast Du schon einmal eine ganze Woche im Bett verbracht? Nein, ich meine jetzt nicht mit Fieber, einem dicken Grippekopf und dem ausschließlichen Bedürfnis, in Ruhe gelassen zu werden, sondern eigentlich kerngesund und voller Tatendrang. Spätestens am dritten Tag verliert selbst der spannendste Roman seinen Reiz.

Das brachte mich auf die Idee, endlich das Buch zu schreiben, das ich schon seit zehn Jahren schreiben will. Nun habe ich Zeit und keine lästige Pflicht kann mir dazwischenkommen, nicht einmal mein schlechtes Gewissen kann sich melden: »Eigentlich solltest du ganz dringend …« – ich darf ja nicht! Einen Stift in der Hand halten darf ich, und der Anfang ist gemacht. Ich glaube, er ist mir sogar ganz gut gelungen. Gestern war ich gerade bei der Stelle angelangt, an der meine beiden Helden sich das erste Mal näherkommen: »Rüdiger beugte sich gerade zärtlich über Sabrina und flüsterte: ›Du, was ist das eigentlich, ein Bettsoicher?‹«

Filmriss – und unsanfte Landung in der Wirklichkeit meines Wohnzimmers, denn diese Worte sprach nicht Rüdiger, der Unbeschreibliche, sondern Felix, der Störenfried. Seit Felix hier in den Kindergarten geht, hat sich sein Wortschatz erheblich erweitert. Meine Schwäbischkenntnisse sind noch sehr beschränkt, aber was Schimpfwörter angeht, bin ich – dank Felix' und Frau Knödlers Hilfe – schon recht fit. Was hältst Du zur Abwechslung von einer kleinen Lektion *Schwäbische Schimpfwörter für Anfänger*?

Also, ein Seckel zum Beispiel ist so etwas wie ein Idiot. Während die Steigerung von Idiot aber Vollidiot ist, lautet die Steigerung von Seckel nicht etwa Vollseckel, sondern Halbseckel. Zunächst kam mir das unlogisch vor, aber seit ich die Schwaben besser kenne, leuchtet es mir ein.

Nehmen wir zum Beispiel unseren Nachbarn, Herrn Singer. Er hat sich letzte Woche einen neuen Mercedes gekauft, das teuerste Modell mit allen Schikanen, vom elektrischen Fensterheber bis zur Klimaanlage. Und was macht er? Er montiert die Typenbezeichnung ab, damit keiner merkt, was er sich da für eine Luxuskarosse geleistet hat.

Oder Herr Blessing, Martins Chef. Der baut sich gerade eine Villa, 350 Quadratmeter Wohnfläche mit Schwimmbad und Teich im Garten. Und weißt Du, wie er diesen Luxusschuppen nennt? »Mei Häusle«!

Das, liebe Julia, ist schwäbisches Understatement, mehr sein als scheinen. Die Schwaben sind die einzigen Leute, die ich kenne, die nach dem Grundsatz leben, dass weniger mehr ist. Und deshalb sagen sie wohl auch nicht Voll-, sondern Halbseckel. Ist doch logisch, oder?

Aber ich schweife mal wieder ab. Wie bin ich denn jetzt überhaupt auf den Halbseckel gekommen? Ach so, richtig, Felix wollte wissen, was ein Bettsoicher ist. Inzwischen weiß ich, dass es sich dabei zum einen um das Schimpfwort Bettnässer handelt, zum anderen um die schwäbisch-botanische Bezeichnung für den gemeinen Löwenzahn.

Felix tippte also richtig, als er sagte: »Das ist bestimmt was ganz Gemeines. Das hat heut der Thomas zu mir gesagt. Dem kleb ich morgen aber eine!«

Es gab einmal eine Zeit, da erzogen wir Felix nach dem pazifistischen Grundsatz: »Man kann das auch ohne Fäuste regeln!« Das hat sich leider in der Praxis gar nicht bewährt, da die meisten anderen Kinder offensichtlich nach dem Faustrecht erzogen werden. Inzwischen sind wir deshalb zu einem scheinheiligen »Fang nicht an, aber wehr dich!« übergegangen. Da in diesem Fall Felix' Fäuste gegen Thomas' Mundwerk standen, verstieß Felix hier eindeutig gegen die Angemessenheit der Mittel – noch dazu mit einem Tag Verspätung, geradezu hinterhältig!

Aber mir war gerade gar nicht nach Pädagogik und Beschwichtigung, eher nach Weiterschreiben. Also lieber Themawechsel und Ablenkungsmanöver.

»Du, im Kühlschrank steht noch ein Pudding!«

»Nö, hab keine Lust, aber ich mach mir nen Kakao.«

Auch gut. Nein, nicht gut. Du wirst gleich erfahren, warum. Ich höre das Öffnen der Kühlschranktür, dann einen Knall und anschließend – nichts mehr! Nun hast Du, liebe Julia, zwar keine Kinder, aber immerhin einen Mann, oder besser gesagt einen Lebensabschnittspartner, und in diesem speziellen Fall unterscheiden sich beide Sorten Mensch wenig voneinander. Deshalb wird Dir das Folgende wohl nicht ganz neu sein.

Wenn auf einen lauten Knall Totenstille folgt, bedeutet das Alarmstufe I. Erhältst du auf deine besorgte Frage, ob etwas passiert sei, die Antwort: »Nein, nein, ist alles in Ordnung«, heißt das Alarmstufe 2. Und folgt diesem Satz die betont beruhigend vorgetragene Aufforderung: »Bleib nur sitzen, ich mach das schon«, dann ist es höchste Zeit, unverzüglich an den Ort des Geschehens zu eilen, zur Schadensbegrenzung, wie das im Versicherungsdeutsch wohl heißt.

Genau das tat ich. Der Unfallort sah wüst aus. Die Milchflasche, die Felix offensichtlich aus der Hand gerutscht war, war natürlich fast voll gewesen. Flaschen, die einem aus der Hand rutschen, sind schon aus Bösartigkeit grundsätzlich voll. Oder liegt das an ihrem Gewicht? Diese Erklärung ist mir zu einfach, Du weißt, dass ich einen versteckten Hang zum Übersinnlichen habe.

Was sagt eine Mutter in einem solchen Moment?

Also, eine Mutter aus dem Erziehungshandbuch sagt: »Armer Liebling, bist du erschrocken? Das brauchst du nicht, es ist doch gar nichts passiert. (?!) Das bringt die Mama ganz schnell wieder in Ordnung!«, und wendet damit geschickt Schaden von der ach so verletzlichen kleinen Kinderseele.

Eine Mutter aus der Fernsehwerbung sagt: »Kein Problem. Da nehmen wir einfach Meister Blitzblank, und im Nu sieht unsre Küche wieder aus wie neu«, und greift mit leuchtenden Augen zum unübertroffenen Putz-Blitz-Schrubber.

Und was sagt eine genervte Realmutter?

Sie sagt nicht, sie schreit: »Mein Gott, Felix, kannst du denn nicht aufpassen? Nun sieh dir bloß mal die Schweinerei an! Immer deine Schussligkeit ...« – und hält plötzlich beschämt in ihrem Lamento inne. War mir denn noch nie etwas heruntergefallen? Eine Milchflasche zwar nicht, aber als sich damals beim Schütteln der Ketchup-Flasche der Verschluss löste, war das auch nicht ohne. Noch dazu, da die Küche gerade neu gestrichen und die Vorhänge frisch gewaschen waren. Was wiederum beweist, dass Ketchup-Flaschen ihren Inhalt nie in schmutzigen, renovierungsbedürftigen Küchen verspritzen. Dem liegt dasselbe Gesetz zugrunde wie dem Fall-Gesetz der vollen Milchflaschen.

Es war weniger Felix' betreten gemurmeltes »Entschuldigung« als vielmehr sein Blick, der mich besänftigte. Es war der Blick Marke »Armer-unschuldig-getretener-Hund-der-seinen-bösen-Herrn-trotzdem-liebt«. Diesen Blick hat Felix von Martin geerbt – oder abgeguckt. Und mit diesem Blick kriegen sie mich immer wieder klein, egal was sie ausgefressen haben. Und nicht nur das. Nicht sie haben hinterher das schlechte Gewissen, sondern ich, weil ich sie so wüst beschimpft habe.

Ich schickte Felix aus der Küche und begann, die Sockelleisten abzumontieren. Die Milch war nämlich bis unter die Küchenschränke gelaufen und ich befürchtete, sie könne mit der Zeit dort das entwickeln, was die Schwaben ein »Gschmäckle« nennen. Ein Gschmäckle ist die Verkleinerungsform von Geschmack. Wobei Geschmack im Schwäbischen auch den Geruch bezeichnet, so, wie schmecken hier auch riechen bedeutet. Gschmäckle wird übrigens auch im übertragenen Sinn gebraucht. Wenn etwas anrüchig ist, dann hat's für den Schwaben »a Gschmäckle«. Das Gschmäckle, das ich jetzt meine, war allerdings ganz real oder würde es zumindest werden, wenn ich nicht schnell etwas dagegen unternahm.

Ich lag gerade auf den Knien und wischte unter den Küchenschränken, als die Tür aufging und Tante Clärchen hereinkam. Warum konnte es nicht Martin sein, der mich da auf Knien liegend vorfand, heftig wischend wie eine überaus tüchtige schwäbische Hausfrau? Versteh mich bitte richtig, auch wenn Dir das als voll berufstätige Karrierefrau sicher schwerfällt. Ich will versuchen, es Dir zu erklären.

Wenn Martin unvorhergesehen am hellen Vormittag unsere Wohnung betritt, weil er etwas vergessen hat, dann findet er mich grundsätzlich nie Boden schrubbend, Vorhang aufhängend oder Klo putzend vor, sondern er erwischt genau die zehn Minuten, in denen ich gemütlich Kaffee trinkend und Zeitungsroman lesend bei der zweiten Frühstückskaffeetasse sitze. Ich habe an besagtem Vormittag bereits die Betten abgezogen, die Waschmaschine gefüllt, die Blumen gegossen, die Spülmaschine ausgeräumt, mit Felix den Kampf »kurze Hose – lange Hose« ausgetragen (rat mal, wer gewonnen hat?), Felix zum Kindergarten gebracht und eingekauft und sitze nun bei meinem wohlverdienten zweiten Frühstück, so wie um diese Zeit jede Schreibkraft im Büro. Was die Schreibkraft im Büro von mir unterscheidet, ist die Tatsache, dass sie ihren Kaffee guten Gewissens trinkt. Und was tue ich?

Wenn ich Martins Schlüssel im Schloss klappern höre, springe ich hastig auf, trage ertappt meine Tasse in die Küche, schlucke schuldbewusst die letzten Krümel hinunter, greife schnell nach dem nächstbesten Staubtuch und entwickle eifrige Geschäftigkeit. Nicht dass Martin zu der Sorte Mann gehört, die abends fragt: »Was hast du eigentlich den ganzen Tag gemacht, während ich mich im Büro zu Tode gearbeitet habe?« Aber wer weiß, vielleicht denkt er es!

Weißt Du, was mir guttut? Wenn ich überraschend in Martins Büro komme und ihn dort mit einer Tasse Kaffee vorfinde, ganz vertieft in ein Gespräch mit Kollege Binder. Nein, nicht über die neuesten Börsenkurse, über das letzte Tennismatch. Und das, wo er so stressgeplagt und termingehetzt ist, dass er seit einer Woche keine fünf Minuten Zeit gefunden hat, um das dringende Telefongespräch mit dem Steuerberater zu erledigen. Findest Du, dass ich einen Hausfrauen-Komplex habe? Du bist meine beste Freundin, und ich finde, Du solltest mir ehrlich sagen, wenn Du diesen Eindruck hast.

Es ist also Tante Clärchen, die die Küche betritt, heftig mit mir schimpft, nach dem Lappen greift und mich sofort wieder auf meine Couch schickt. Ich lasse mich gern schicken und denke ein bisschen wehmütig daran, dass ich nächste Woche den Schrubber wieder selbst schwingen muss.

Dank Frau Nägele und dem europäischen Hochadel hat Tante Clärchens Besuch mich diesmal gar nicht so strapaziert. Aber es wird trotzdem schön sein, wenn ich mit Martin, Felix und dem Butzele wieder trauter Dreieinhalbsamkeit frönen kann.

»'s isch alles bloß a Weile schee«, sagt der Schwabe, und wenn er recht hat, hat er recht.

In diesem Sinn,

Deine Katharina

Fisch und Besuch …

Bsuch hat mr gern,
solang 'r d' Schuah net raduat.

Liebe Julia,

genau drei Wochen durften wir unsere traute Dreieinhalbsamkeit genießen. Der Mensch denkt und Gott lenkt. Nein, ich will nicht ungerecht sein und jedes Missgeschick dem lieben Gott in die Schuhe schieben. Gelenkt hat eigentlich Henry, nämlich sein Auto von München hierher zu uns in die Uhlandstraße und seine Schritte in unsere Wohnung.

Erinnerst Du Dich an Henry, Martins besten Freund aus Studientagen? Die beiden haben einträchtig ihre Wohnung, ihre Whiskyflasche und manchmal auch ihre Freundinnen miteinander geteilt. (Als ich in Martins Leben trat, hatten sie Letzteres inzwischen Gott sei Dank aufgegeben.) So etwas trennt oder es verbindet auf ewige Zeiten. Eine dritte Möglichkeit gibt es nicht. Martin und Henry hat es verbunden.

Eigentlich heißt Henry schlicht und normal Heinrich. Obwohl, für einen Mann von noch nicht einmal vierzig Jahren vielleicht doch nicht so normal. Aber für einen freischaffenden Künstler klingt Henry natürlich viel besser. Vielleicht sollte ich mir auch einen wohlklingenden Künstlernamen zulegen, etwas Italienisches vielleicht, was meinst Du?

Dass die Freundschaft zwischen Martin und Henry so lange gehalten hat, erstaunt mich. Denn gegensätzlicher als die beiden kann man kaum sein. Martin, der ruhige, korrekte, zuverlässige Bankertyp, und Henry, der kreative, spontane, chaotische Künstler. Wahrscheinlich findet jeder im anderen, was ihm selber fehlt. So etwas funktioniert ja manchmal auch in Ehen ganz gut. Gegensätze ziehen sich bekanntlich an.

Am vergangenen Dienstagabend stand Henry wie ein begossener Pudel vor unserer Tür. Ob er eine Nacht bei uns schlafen dürfe, er habe Krach mit Biggy. Mit Biggy ist Henry seit zwei Jahren zusammen.

Ich überlegte, ob er uns auch in Köln aufgesucht hätte. Henry hat nämlich einen großen Freundeskreis und sicher gibt es Freunde, die näher wohnen als wir und die über größere Wohnungen verfügen. Aber Henry brauchte keine geräumige Wohnung, Henry brauchte Verständnis und Zuspruch, und da war der beste Freund gerade gut genug.

Aus der einen Nacht sind inzwischen fünf geworden.

Henrys Zustand war erbarmungswürdig. Er fühlte sich im Recht und tief verletzt. Biggy war angeblich wieder einmal grundlos eifersüchtig gewesen, und deshalb weigerte er sich, den ersten Schritt zu tun. Diesmal nicht!

»Ich bin doch nicht ihr Eigentum. Schließlich sind wir nicht miteinander verheiratet. Da wird man doch mal mit einer andern ausgehen dürfen. Außerdem war's rein geschäftlich. Hanne schreibt ein Kinderbuch. Das soll ich illustrieren.«

Also, ich weiß nicht so recht. Wenn Henry so viel und so schnell und in so kurzen Sätzen spricht, dann stimmt was nicht. Und bei »rein geschäftlich« werde ich sowieso immer hellhörig. Oder kennst Du geschäftliche Verabredungen, die in der Disco stattfinden? Da versteht man ja nicht einmal sein eigenes Wort, geschweige denn das des andern.

Den ganzen Tag saß Henry da und bewachte unser Telefon wie ein Hund den Knochen. Natürlich war er in München nicht abgefahren, ohne Biggy unauffällig unsere Adresse und Telefonnummer zu hinterlassen. Beim ersten Klingeln riss er den Hörer von der Gabel.

»Wen? Martin? Hier gibt's keinen Martin!«, schrie er und knallte wütend den Hörer auf die Gabel. »Vollidiot. Falsch gewählt!«

»Entschuldige bitte«, entfuhr es mir, »das ist unser Telefon, und hier gibt es sehr wohl einen Martin. Wer war es denn?«

»Keine Ahnung. Ruft sicher nochmal an. Aber dann fass dich bitte kurz und blockier nicht so lang die Leitung, falls Biggy anruft.«

Ich hatte zunehmend das Gefühl, dass nicht nur das Telefon in Henrys Besitz überging, sondern unsere ganze Wohnung. Über dem Stuhl hing seine Hose und im Bad der Duft seines Rasierwassers, auf dem Esstisch lagen seine Zeichnungen und auf dem Couchtisch seine Füße. Nächste Woche hat er Abgabetermin beim Verlag. Aber er kann sich im Moment nicht konzentrieren, zum einen wegen Biggy, zum anderen wegen Felix.

»So werde ich nie rechtzeitig fertig«, stöhnte Henry, während Felix die Zeichnung, an der Henry gerade arbeitete, mit lautem Gebrumm als Landeplatz für seinen Papierflieger missbrauchte. »Wie kann ein so netter, rücksichtsvoller Mensch wie Martin nur zu so einem Kind kommen?«, fragte Henry und sah mich vorwurfsvoll an.

Es gab keinen Zweifel, dass er in diesem Fall die Schuld bei mir suchte.

Ich wurde einer Antwort enthoben, da Felix inzwischen dabei war, aus einer beiseitegelegten, fertigen Zeichnung einen Flieger zu bauen. Er machte das wirklich sehr hübsch für sein Alter. Leider ging Henry total der Sinn dafür ab, und anstatt Felix zu loben, schrie er hysterisch los: »Ich bring ihn um!«

Das war der falsche Satz. Der richtige hätte lauten müssen: »Ich reise ab!«

Felix hat wirklich sein Möglichstes getan, um uns Henry wieder vom Hals zu schaffen. Zugegeben, vielleicht ist er dabei ein bisschen übers Ziel hinausgeschossen. Ich würde ihn vermutlich auch zum Teufel wünschen, wenn er aus meinen Manuskriptseiten Flieger basteln würde. Allerdings schrecken wir Mütter in letzter Konsequenz meistens doch davor zurück, unsere wüsten Drohungen in die Tat umzusetzen. Bei Henry war ich mir da nicht so sicher. Deshalb schien es mir am besten, Felix schnellstens aus der Gefahrenzone zu entfernen. Also packte ich ihn ins Auto und fuhr zum Wiesenweg. Felix fand das immer eine gute Idee und auf ein Kind mehr oder weniger kommt es dort wirklich nicht an. Mich selber freute es auch, denn manchmal blieb ich auf eine Tasse Kaffee. Inzwischen finde ich es in der Burrenhofküche nämlich viel gemütlicher als in meiner eigenen. Auch da stapeln sich zwar die Töpfe, aber ohne den lästigen Anspruch, von mir gespült zu werden.

Um sich für unsere Gastfreundschaft erkenntlich zu zeigen, kocht Henry nämlich für uns. Du weißt ja, Männer kochen nach dem GG-Prinzip: entweder gar nicht oder genial. Mit so banalen Dingen wie Kohlrouladen und Bohneneintopf geben sich höchstens gestandene Hausmänner ab, und die kann man rein statistisch gesehen unter den Tisch fallen lassen. Henry gehört zu der Hälfte, die genial kocht. Genau genommen kocht er kein Essen, er komponiert es, und da kann er sich mit so schnöden, entwürdigenden Arbeiten wie Abspülen und Aufräumen natürlich nicht aufhalten. Das überlässt er dem untalentierten Fußvolk – nämlich mir.

Am Anfang unserer Ehe hat Martin auch manchmal gekocht. Inzwischen greift er nur noch zum Kochlöffel, um dem Essen den letzten Pfiff zu verleihen. Das heißt, er haut in meine perfekt abgeschmeckte Soße einen Löffel Frischkäse und einen kräftigen Schuss Ketchup und Cognac, was dem Hähnchen in Weißwein eine ganz eigene, apartuntypische Note verleiht.

Mit solchen Schlussakkorden begnügt Henry sich nicht. Henry komponiert die ganze Sinfonie, sobald ich die nötigen Zutaten herangeschafft habe. Auch dieser Bereich fällt nämlich in meine Zuständigkeit. Henry müsste ja sonst das Telefon aus den Augen lassen. Es hat den Vorteil, dass ich jetzt auch im Feinkostgeschäft bekannt bin, was heißt bekannt, ich bin Stammkundin. In meinem Gewürzschrank stapeln sich teure, exotische Gewürze. Henry kocht nämlich ausschließlich asiatisch. Eigentlich habe ich die asiatische Küche immer sehr geschätzt, aber inzwischen kann ich sie nicht mehr riechen. Um Chinarestaurants werde ich in den nächsten zehn Jahren einen weiten Bogen machen, denn die letzte Nacht habe ich mit dem Kopf über der Kloschüssel verbracht. Martin war voller Mitleid und sehr besorgt, leider nicht nur um mich, sondern auch um Henry. Schließlich könnte Henry meinen, es liege an seiner Kochkunst und nicht an meinem Zustand. Mein Angebot, wieder selbst zu kochen, lehnte Martin entschieden ab. Henry könne auf die Idee kommen, sein Essen schmecke uns nicht. Und wir wollen ihn doch nicht kränken, gerade jetzt, wo es ihm so schlecht geht. Nein, das wollen wir wirklich nicht. Aber so langsam wird es zur Überlebensfrage.

Heute Morgen war das Fass dann kurz vor dem Überlaufen, als ich Frau Nägele im Treppenhaus begegnete.

»Sie, Frau Sander, nix für ogut. I sag Ihne des net gern. Aber des mit Ihrem Untermieter, also des goht so nemme weiter.«

Ich beeilte mich, Frau Nägele zu versichern, dass es sich bei Henry keinesfalls um einen Untermieter handle.

»Wie Sie des nennet, des isch mir egal. Aber wisset Se, so isch des koi Zustand. Ihr Ma de ganze Dag aus em Haus, dr Felix im Kenderschüle und Sie mit dem junge Ma alloi in dr Wohnung. D' Leut verreißet sich ja scho 's Maul. Sie wisset doch, wie d' Leut sen.«

Das musste ausgerechnet Frau Nägele sagen. Ich brach in Tränen aus. Es muss an meinem Zustand liegen, ich habe zur Zeit nah am Wasser gebaut. Und Henrys Anwesenheit trägt auch nicht unbedingt zur Stabilisierung meines Nervenkostüms bei.

»Jesses, Frau Sander, so war doch des net gmoint. Se glaubet doch net, dass i so ebbes von Ihne denke däd. No drzu in

Ihrem Zustand. 's isch ja bloß wege de Leut. Aber jetzt kommet Se erscht amol rei.«

Du weißt sicher schon, was jetzt kam. Richtig: der Melissengeist!

Biggys Anruf kam dann natürlich ausgerechnet, als Henry aus dem Haus war, um Zigaretten zu kaufen. Eigentlich bin ich selbst schuld, denn ich weigere mich schlicht und boshaft, dieses Laster zu unterstützen. Wegen Butzele muss Henry sogar auf dem Balkon rauchen, was er mir sehr übel nimmt. Dabei ist das Wetter gerade ausgesprochen schön, und auf die Art kommt er wenigstens mal an die frische Luft.

Die Wohnung betreten, von Biggys Anruf erfahren und zum Telefonhörer greifen war für Henry eins. Nach 53 Minuten, 17 Sekunden und 281 Ach-Biggy-Seufzern (viel mehr hatte Henry für knappe 20 Mark offensichtlich nicht zu sagen) legte er mit verklärtem Blick auf.

»Komm, gehn wir eine rauchen«, sagte er verschwörerisch zu Martin und verschwand glücklich-dämlich grinsend auf dem Balkon.

Martin raucht schon lange nicht mehr, aber ab und zu begleitet er Henry auf den Balkon – aus Solidarität. Ich verzog mich in die Küche.

Wenig später kam Martin herein, umfasste meine Leibesfülle liebevoll von hinten, küsste mich zärtlich auf den Nacken und sagte: »Was hältst du davon, wenn wir uns heute einen schönen Abend machen. Wir könnten ins Kino und anschließend irgendwo nett essen gehen. Nur wir beide. Felix lassen wir bei Henry, oder er kann bei Frau Knödler schlafen.« Eingedenk der Morddrohung vielleicht doch lieber bei Frau Knödler.

Klang durchaus verführerisch. Es war eine Ewigkeit her, seit wir beide allein ausgegangen waren.

»Du meinst, wir sollen ohne Henry …?«

»Warum denn nicht? Der kommt bestimmt mal ohne uns aus. Wir sind doch nicht sein Kindermädchen.«

Das waren ja ganz neue Töne.

»Einverstanden«, sagte ich erfreut. »Ich bin zu jeder Schandtat bereit, vorausgesetzt, Du willst nicht beim Chinesen essen.«

Martin lachte.

Als wir zurück ins Wohnzimmer kamen, grinste uns Henry scheinheilig entgegen. »Na, alles klar? Ich denke, wenn ihr so gegen zwölf zurück seid, ist das okay.«

Ich verstand kein Wort, bis ich erfuhr, dass Biggy im Anmarsch war, zur Versöhnungsfeier sozusagen. Auf meine Frage, warum die Versöhnung denn nicht in München stattfinde, erhielt ich zur Antwort, dass Henry ja nicht wisse, ob das mit der Versöhnung auch wirklich klappe, und dann sei er die ganze Strecke nach München und zurück (!) umsonst gefahren.

»Mit anderen Worten, wir beide gehen heute Abend aus, damit ihr eine sturmfreie Bude habt!«

Ich kam mir schrecklich hintergangen vor.

»Also, so würde ich das nun wirklich nicht ausdrücken«, versuchte Martin mich zu beschwichtigen.

Er kennt mich inzwischen gut genug, um zu merken, wenn sich ein Gewitter zusammenbraut.

»Aber ich! Und überhaupt habe ich das Gefühl, dass hier einer überflüssig ist. Und ich habe noch viel mehr das Gefühl, dass ich das bin!«

Ich knallte vernehmlich die Tür hinter mir zu.

Zwei Minuten später stand ich in Tränen aufgelöst vor Frau Knödlers Wohnungstür. »Ich lasse mich scheiden. Soll er doch seinen Henry heiraten, den mag er sowieso viel lieber als mich!«

Frau Knödler zog mich in ihre Wohnung. »Jetzt no mit dr Ruh. 's wird nix so heiß gesse, wie's kocht wird. Jetzt kommet Se erscht amol rei und trinket a Tass Tee, und na verzählet Se mr alles dr Reih nach.«

Was Frau Nägele der Melissengeist, ist Frau Knödler ihr Tee, wobei mir der wesentlich sympathischer ist. Was mir aber wirklich hilft, ist Frau Knödler selbst. Ach, Julia, was würde ich bloß ohne sie anfangen!

»Jetzt basset Se mol uff«, sagte Frau Knödler, als ich fertig erzählt hatte. »Wenn a Ma Se ausführe will, na macht 'r des meischdens net ohne Grund.«

Du darfst Frau Knödler diesen Spruch nicht übelnehmen. Du weißt, sie hat mit ihrem Mann schlechte Erfahrungen gemacht. Aber im Moment war ich auf Männer ja auch nicht allzu gut zu sprechen.

»Wenn mei Ma seine Freundinne eiglade hat, na hat 'r ebbes von dene welle. Und wenn 'r mi eiglade hat, na hat 'r sei schlechts Gwisse beruhigt. Wär Ihne des vielleicht lieber?«

Was für eine Frage!

»Na also. Ihr Ma will ebbes, nämlich 's Gleiche wie Sie: sei Wohnung wieder für sich alloi. Isch des so schlimm?«

Ich schüttelte den Kopf.

»Sehet Se. Na freuet Se sich doch. Jetzt ganget Se nom, waschet Se Ihr Gsicht, ziehet sich ebbes Netts a und na genießet Se den Abend. I versprech Ihne, wenn Se sich heut Abend Hummer und Lachs bstellet, na zahlt des Ihr Ma, ohne mit dr Wimper zu zucke, und wenn's 200 Mark koschdet. Also, send Se net dumm, so a Gelegeheit kommt so schnell net wieder.«

»Und wenn die beiden ... Ich meine, der Henry und die Biggy ... na ja, die Versöhnung in unserem Bett ...«, schnüffelte ich, schon wieder einigermaßen besänftigt.

»Na beziehet Se's frisch und denket nemme dra. Alles koschdet sein Preis im Lebe. Und wenn Se da drfür den Kerle wieder loswerdet, na war's doch sein Preis wert, oder net?«

Warum, liebe Julia, ist für Frau Knödler nur alles so einfach?

Ach Julia, es war ein herrlicher Abend. Es lag sicher nicht nur an dem rührseligen Film, den wir uns angeschaut haben.

Du weißt, dass mich mit rührseligen Filmen eine Hassliebe verbindet, vor allem, wenn ich sie im Kino sehe. Egal wie fest ich es mir vornehme, irgendwann fließen die Tränen. Meistens am Schluss. Und ich hasse es, wenn ich mich mit verheulten Augen aus dem Kino schleichen muss. Anschließend waren wir essen, keinen Hummer, aber sehr gut: Rehbraten mit Spätzle. (Ich lege Dir das Rezept für Spätzle bei.) Vorher eine Kräutercremesuppe und anschließend Zimteis mit Apfelküchle. Es war herrlich. Martin war so lieb. Wir haben über uns und über Henry gesprochen und jetzt habe ich ein richtig schlechtes Gewissen. Ich glaube, ich war wirklich ein bisschen eifersüchtig auf Henry. Ist das nicht albern? Stell Dir mal vor, Du hättest plötzlich mit Deinem Koffer vor unserer Tür gestanden. Da hätte ich Dich auch aufgenommen und Deine Wunden geleckt, mich mit Dir gegen die blöden Männer verbündet, geduldig Dein unausstehliches Essen gegessen, mit Dir auf dem Balkon geraucht und Dir für eine Versöhnungsnacht unsere Wohnung überlassen.

Ach, Julia, ich glaube, Martin hat es im Moment nicht immer ganz leicht mit mir. Oder sehe ich das falsch? Kriege ich schon wieder das schlechte Gewissen, obwohl eigentlich Martin es haben müsste? Stimmt, jetzt fällt es mir auf, er hatte wieder diesen Armer-unschuldig-getretener-Hund-Ausdruck in den Augen. Du weißt schon. Ich falle jedesmal wieder drauf rein. Na egal, wir haben uns versöhnt, und es war wunderschön. Vielleicht sollten wir uns viel öfter streiten, damit wir uns anschließend wieder versöhnen können.

Als wir nach Hause kamen, lag auf unserem Bett – nein, nicht Henry und Biggy, ich schäme mich für meine schlechte Phantasie. Die lagen aneinandergeschmiegt auf unserer Couch. Auf unserem unberührten Bett lag ein Zettel.

Alles wieder o. k. Vielen Dank für alles!

Die Nacht der Versöhnungen! Eigentlich ist Henry ein schrecklich netter Kerl, und ich kann ihn unheimlich gut leiden, wenn er nicht gerade chinesisch kocht oder sich in unserer Wohnung breitmacht.

Ich bin so glücklich und aufgedreht, dass ich noch gar nicht schlafen kann. Vielleicht liegt's auch am Cappuccino, den ich getrunken habe. Ich konnte nicht widerstehen, obwohl ich genau weiß, dass ich nachher nicht einschlafen kann. Deshalb sitze ich hier am Küchentisch und schreibe Dir, obwohl es schon fast ein Uhr ist. Aber jetzt will ich Schluss machen. Als werdende Mutter sollte man nicht so ein Lotterleben führen. Drück mir die Daumen, dass der Zustand unserer Dreieinhalbsamkeit diesmal ein bisschen länger anhält.

Deine Katharina

Spätzle à la Frau Knödler

Pro Person 1 Ei und etwas Salz verquirlen.

So viel Mehl unterrühren, bis der Teig die richtige Konsistenz hat. Er muss zäh sein und beim Schlagen Blasen werfen. (Ist Erfahrungssache – lernst Du mit der Zeit. Bei Bedarf noch etwas Mehl beziehungsweise Wasser zugeben. Mit Mineralwasser werden die Spätzle besonders locker.)

Jetzt wird der Teig portionsweise auf ein nasses Spätzlesbrett gegeben und mit einem Spatzenschaber ins kochende Salzwasser geschabt. (So macht das eine gute schwäbische Hausfrau vom alten Schlag. Dir würde ich stattdessen eine Spätzlespresse empfehlen. Das geht schneller und einfacher – wenigstens für eine ungeübte Reigschmeckte – und die Spätzle sind von Handgeschabten kaum zu unterscheiden. Für diesen Satz würde mich eine echte Schwäbin sicher empört des Ländles verweisen. Bei ihr heißen die durchgedrückten Spätzle »Faule-Weiber-Spätzle«. Wenn Du mit diesem Vorwurf leben kannst, kann ich dir gern eine Spätzlespresse besorgen. Anruf genügt! Hier ist es übrigens durchaus üblich, dass ein Mann seine geliebte bessere Hälfte als »mei Weib« bezeichnet, und das ist dann ganz und gar nicht böse gemeint.)

Sobald die Spätzle wieder hochsteigen, mit einem Schaumlöffel herausnehmen, durch frisches, heißes Salzwasser ziehen, abtropfen lassen und auf einer erwärmten Platte anrichten.

Zuletzt wird das Ganze mit in Butter geröstetem Weckmehl geschmälzt.

Noch ein wichtiger Tipp zum Schluss: Damit sich die mit Teig verklebten Kochutensilien besser reinigen lassen, zuerst mit kaltem Wasser und erst anschließend mit heißem Wasser spülen. So lässt sich der klebrige Teig am besten entfernen.

Von Nacktschnecken und anderen nackten Tatsachen

Lieber meh esse
als z' wenig trinke.

Liebe Julia,

riecht es in Köln auch schon nach Sommer?

Am Samstag vor vierzehn Tagen hatten wir uns gerade gemütlich auf unseren Liegestühlen eingerichtet, als eine bedrohliche dunkle Rauchwolke unseren Balkon einhüllte. Im Sommer weht der Wind grundsätzlich aus Richtung des Nachbarn, der gerade seinen Gartengrill anheizt. Du kannst dieses Gesetz auf die Liste der anderen Gesetze setzen, Du weißt schon: die der vollen Milchflaschen und der frisch gestrichenen Küchen.

Martin stürzte in die Wohnung, um die Schlafzimmerfenster zu schließen, und ich ging in den Keller, um den Gartengrill herauszusuchen. Es ist jedes Jahr dasselbe. Wenn mir der erste Duft von gegrilltem Schweinehals aus dem Nachbargarten in die Nase steigt, kann ich es kaum erwarten, selbst zu grillen. Grillfieber ist fast so ansteckend wie die asiatische Grippe. Mit dem ersten gegrillten Schweinehals im Sommer ist es wie mit dem ersten Mann. Er bleibt einem im Gedächtnis und schmeckt ein wenig besonders, auch wenn später viel bessere nachkommen.

Da, wo im Kellerregal eigentlich unser kleiner Tischgrill stehen müsste, fand ich Felix' Laterne vom letzten Martinsumzug. Sogar über den Umzug habe ich sie gerettet, obwohl dem vieles zum Opfer gefallen ist. Ich konnte Martin die Laterne gerade noch aus den Händen reißen, bevor sie in der Mülltonne landete. Martin versteht nicht, dass diese Laterne keineswegs eine alte Käseschachtel mit etwas Transparentpapier ist, sondern ein Stück von Felix' Kindheit, ein Stück Erinnerung, seine erste selbst gebastelte Laterne. Ich werde natürlich auch die zweite und dritte aufheben. Und die Laternen vom Butzele, das weiß Martin nur noch nicht. Er behauptet, wir seien die erste Familie, die demnächst ein Haus bauen muss, weil ihr Kellerraum zu klein geworden ist, und ich hätte keinerlei Grund, über Herrn Nägeles Garage zu lästern.

Ich hörte Martin die Treppe herunterkommen und versteckte die Laterne schnell hinter ein paar Blumenübertöpfen.

»Was machst du eigentlich so lange?« Martin fing an zu fluchen, weil er sich den Zeh an Tante Erikas Bodenvase gestoßen hatte. »Sag mal, hast du die etwa mit umgezogen? Tante Erika ist letztes Jahr gestorben!«

»Eben«, sagte ich.

»Was heißt hier eben? Wir haben die Vase schließlich nur aufgehoben, damit wir sie ins Zimmer stellen können, wenn uns Tante Erika besuchen kommt. Aber Tante Erika ist tot!«

»Warum schreist du denn so? Ich weiß, dass Tante Erika tot ist, und ich wette, Frau Nägele interessiert das kein bisschen.«

Weit gefehlt, Frau Nägele interessiert einfach alles.

»Tante Erika hat uns die Vase zur Hochzeit geschenkt. Und ich habe das Gefühl, dass es uns Unglück bringt, wenn wir sie einfach wegwerfen«, versuchte ich zu erklären.

Aber es war zwecklos. Männern geht einfach der Sinn ab für solche Feinheiten des Lebens.

»Katinka, es wird unserer Ehe Unglück bringen, wenn du sie nicht wegwirfst. Eines Tages werde ich es einfach nicht mehr ertragen, dass du alles aufhebst, und dann ...«

Das Ende verlor sich in düsterem Schweigen.

»Du liebst mich nicht, sonst würdest du so etwas nicht sagen. Frau Nägele ist schon viel länger mit ihrem Mann verheiratet, und das, obwohl er in ihrem Garten ein Waschbecken montiert hat und in der Garage kein Auto, sondern eine Kloschüssel steht. Das ist wahre Liebe, aber dazu sind ja nur wir Frauen fähig«, ereiferte ich mich.

»Da ist er ja«, sagte Martin und zog den Gartengrill aus dem Regal.

Damit war unsere Diskussion vorerst beendet.

Der Sack Grillkohle vom letzten Jahr war noch halb voll, aber weder der Sauerbraten noch das Geschnetzelte, das ich fürs Wochenende eingekauft hatte, waren zum Grillen besonders gut geeignet. Aber ich war mir sicher, dass ich in der Kühltruhe noch ein paar Steaks oder Rote vom Sommerende finden würde. Sobald sich der Sommer nämlich dem Ende zuneigt, kann ich Gegrilltes nicht mehr sehen. Alle Leute verlegen ihre Einladungen in den Sommer und alle Leute laden zu Gegrilltem ein und servieren es mit einem Gesicht, als wäre es etwas ganz Besonderes. Ende August verfolgen mich gewöhnlich Alpträume von Spiritusflammen, Nitrosaminen und Fleisch, das außen verkohlt und innen roh ist, so dass ich die Roten, die ich eigentlich fürs Wochenende eingekauft hatte, einfriere und statt dessen Spaghetti koche. Die Chancen, in der Kühltruhe etwas Grillbares zu finden, waren also groß. Aber dann fiel mir ein, dass wir die Kühltruhe vor dem Umzug entrümpelt hatten. So blieb uns nichts übrig, als unsere Grillgelüste noch ein wenig zu verschieben.

Es sollte nicht allzu lange dauern, denn offensichtlich war auch Familie Nägele der Grillduft aus Nachbars Garten in die Nase gestiegen.

»Mir wellet am nächschde Wocheend a bissle grille«, erklärte mir Frau Nägele, »zamme mit Ihne und dr Frau Knödler und Falkesteins und Oesterles von nebedra. Des machet mr jedes Jahr so. Mir stellet 's Fleisch, und die andre Fraue bringet an Salat mit. D' Frau Knödler meischdens an Kartoffelsalat, d' Frau Oesterle an Nudelsalat und d' Frau Falkestein an Wurstsalat. Sie könntet ja an gmischte Salat mache. Wär Ihne des recht?«

Und ob! Ich freute mich nicht nur aufs Grillen, sondern auch darauf, die Nachbarn aus den Häusern nebenan bei dieser Gelegenheit ein wenig näher kennenzulernen.

Am Freitag fuhr ich mit Frau Knödler zum Baumarkt, um Grillkohle, ein paar Gartenfackeln und Öl für die Windlichter zu besorgen. Es war ein heißer Tag, und die Leute, die uns begegneten, waren entsprechend luftig gewandet. Im Sommer fallen die Hüllen, und sie tun dies gnadenlos, ohne Ansehen der Person.

»Jetzt gucket Se sich des a«, sagte Frau Knödler leise und deutete auf den beleibten Mann vor uns. Er trug eine knapp sitzende Shorts, aus der ein paar haarige Stachelbeerbeine in schwarzen Socken und Sandalen herausschauten und über deren engem Gürtel ein wohlgenährter Bierbauch im engen T-Shirt spannte.

»I sag ja net, dass alle Leut Bohnestange sei müsset«, sagte sie. »Aber alles, was recht isch, so an Ablick muss mr doch de Leut net biete. Mr sen doch net uff Teneriffa oder im Freibad. Kennet Se eigentlich des Gedichtle vom Sebastian Blau? Net? Sie, des isch zu schön. Erinnret Se me dra, wenn mr drhoim sin, na zeig i's Ihne.«

Es hat mir so gut gefallen, dass ich es Dir unverfälscht abschreibe, auch wenn Sebastian Blaus Schwäbisch für uns etwas schwer zu verstehen ist. Streng Dich an, es lohnt sich. Es bezieht sich auf die Bibelstelle, in der es heißt, dass Gott den Menschen nach seinem Ebenbild schuf. Dazu sagt Sebastian Blau:

Moses hett dean Spruch verhebt,
wenn r s Freibad hett erlebt:
bei de Weibsleut, falls se jong,
mag r stemme', ond de freust de;
aber bei de ällermeiste
ists e' Gotteslästerong.

Am Samstagabend um sechs heizte Herr Nägele den Gartengrill an und dann trudelten nacheinander die Nachbarn ein. Falkensteins sind ein Ehepaar mittleren Alters, deren Kinder inzwischen zu groß sind, um an einem Gartenfest mit Nachbarn teilzunehmen, und Oesterles sind ein Ehepaar um die sechzig. Eine Tatsache, die Felix natürlich sehr bedauerlich findet. Ein paar Kinder in seinem Alter in der Nachbarschaft würde er sehr begrüßen, vor allem, da Petra an diesem Abend auch etwas Besseres vorhatte, als mit einem Fünfjährigen zu spielen.

»Des ka ja koi Mensch verkasematuckle!«, stöhnte Herr Oesterle, als er den reich gedeckten Tisch sah.

Frau Knödler, die unseren verständnislosen Gesichtsausdruck bemerkte, lachte. »I glaub, des hen unsre Reigschmeckte jetzt aber net verstande. Des hoißt, dass mr des net alles uffesse könnet«, erklärte sie.

Schon wieder etwas gelernt.

»Do sott mr halt statt 'm Buckel au no en Mage han, saget mir Schwabe in so me Fall«, klärte Herr Nägele uns auf. »Obwohl, vielleicht wär's gar net so gut. Na däd i hintenaus au no an Bauch spazieretrage. Des däd vielleicht net so arg gut aussehe, und a bissle obequem wär's wahrscheinlich au.«

Wir lachten.

Es war bisher ein wenig schwer gewesen, mit Falkensteins und Oesterles ins Gespräch zu kommen. Ich sagte Dir ja schon, dass die Schwaben in der Regel zurückhaltende Menschen sind. Jetzt, wo wir gemütlich beim Essen zusammensaßen, war das gar kein Problem mehr.

»In drei Woche«, sagte Frau Oesterle, »müsset Se obedingt mit uff d' Hocketse komme. Sen Se überhaupt scho mal uff oinre gwese?«

Als wir das verneinten, wurden wir aufgeklärt, was es mit einer Hocketse auf sich hat. Der Begriff stammt wohl daher, dass die Leute an Biertischen zusammenhocken, also sitzen. Ein Straßenfest sozusagen.

»Mei Vetter«, sagte Herr Oesterle, »schimpft fei arg uff die Hocketse. Der hat nämlich a Wirtschaft. Und er hat gsagt, dass 'r die im Sommer bald zumache ka, weil da koi Mensch meh kommt. Älleweil isch in ma andre Nescht a Hocketse, und da könnet die Leut doch viel billiger esse.«

Meinen Einwurf, die ewige Bratwurst hänge den Leuten doch sicher bald zum Hals heraus, wiesen unsere Schwabennachbarn empört von sich.

»Von wege Bratwurst! Rettichbrot beim Kleingärtner-Verei, Käsbrot beim homöopathische Verei.«

»Maultasche mit Kartoffelsalat bei de Landfraue.«

»Und Sauerkraut mit Schupfnudla bei de Kleintierzüchter.«

»Grillter Schweinehals beim Schützeverei.«

Obwohl ich pappsatt war, lief mir bei dieser Auswahl das Wasser im Mund zusammen.

»Mei Uli übt scho seit Woche wie bled«, sagte Frau Falkenstein. »Wisset Se, der spielt doch Trompet im Musikverei, und da spielet die nadürlich 's ganze Wocheend über. Zu so ra Hocketse ghört schließlich au a Musik.«

Dass Uli in letzter Zeit kräftig übte, hatten wir schon mitbekommen. Er übte bei schönem Wetter bevorzugt bei offenem Fenster.

»Sie müsset obedingt komme«, sagte Herr Falkenstein. »Wisset Se, mei Frau führt au ebbes uff mit ihre Turnfraue. An Volkstanz, glaub i, gell?«

Das wollte ich mir natürlich auf keinen Fall entgehen lassen.

Die Hocketse haben offensichtlich die Vereine erfunden, die mit dieser Veranstaltung die Kasse für ihren nächsten Ausflug füllen. Jeder gute Schwabe scheint Mitglied in mindestens einem Verein zu sein. Der größte davon ist sicher der Albverein. Wenn Du bei schönem Wetter auf der Schwäbischen Alb unterwegs bist, wir faulen Flachländer meistens per Auto, dann kannst Du sie in Gruppen wandern sehen, mit Kind und Kegel, Rucksackvesper und Kniebundhose, vor allem die Jüngeren nicht selten auch mit dem Fahrrad. Die herrliche Landschaft mit ihren Burgen, Ruinen und Tropfsteinhöhlen lädt dazu ein, aber Du darfst nicht vergessen, dass das Wandern auf der Alb eine schweißtreibende Angelegenheit ist, denn hier geht's bergauf und bergab.

Ich vermute, dass der Albverein gerade deshalb dem schwäbischen Naturell sehr entgegenkommt. Der Schwabe ist nämlich in der Regel ein fleißiger Mensch. Muße ist ihm äußerst verdächtig. Er nennt sie sicher nicht umsonst »Luse«, was etwas verächtlich klingt und wohl auch so gemeint ist. Vermutlich kommt das »L« von liederlich, lasterhaft oder Lotterleben.

Auf jeden Fall ist der Schwabe stets bemüht, seine Freizeit tätig zu verbringen. In seinem Garten zum Beispiel, der hier fast immer über einen Gemüsegarten und ein paar Beerensträucher und Obstbäume verfügt. Ein Garten hat nicht nur schön, sondern auch nützlich zu sein.

Da es sich beim Wandern im Albverein um etwas Anstrengendes handelt, gibt es dem Schwaben das gute Gefühl, in seiner Freizeit etwas geleistet zu haben. Dass er dabei nicht selten einen Hammer im Gepäck hat, um in den Gesteinsablagerungen aus dem Jura nach versteinerten Schnecken, den Ammoniten, zu klopfen, habe ich selbst noch nicht gesehen. Vielleicht handelt es sich dabei nur um ein Gerücht, aber es erscheint mir zumindest glaubwürdig.

Du siehst, der Schwabe versteht es aufs Trefflichste, das Angenehme mit dem Nützlichen zu verbinden. Und seiner sprichwörtlichen Sparsamkeit kommt es auch entgegen, denn es ist allemal billiger, als mit der Familie in den Freizeitpark oder ins Kino zu gehen.

Frag mich bitte nicht, wie unser Gespräch an diesem Abend plötzlich auf die diesjährige Schneckenplage kam. Jedenfalls war es ein Thema, an dem sich alle Gartenbesitzer eifrig beteiligten.

»I streu uff d' Schnecke immer Salz druff«, sagte Frau Oesterle, »na isch a Ruh.«

»Pfui Deufel«, meinte Herr Nägele und schüttelte sich. »Des mag ja für Sie die agnehmschde Methode sei, aber für die arme Viecher bestimmt net. I mag se ja au net grad, aber des isch ja saumäßig gemein. Also i nehm oifach d' Gartescher und schneid se in dr Mitte durch. Des goht wenigschdens schnell.«

»Des han i früher au gmacht«, sagte Herr Falkenstein, »aber da drvo bin i abkomme. I han nämlich glese, dass na die ganze Eier rauskommet und sich die Viecher weitervermehret.«

Martin, der gerade genüsslich eine Gabel mit Frau Knödlers leckerem Kartoffelsalat zum Mund führen wollte, ließ die Gabel mit einem angewiderten Gesichtsausdruck wieder sinken.

»Also, i sammel se oifach ei. Des isch no immer d' beschde Methode«, erklärte Herr Falkenstein ungerührt.

Frau Nägele, die schon seit einiger Zeit sichtlich besorgt beobachtete, wie Felix in gefährlicher Nähe ihres Geranienbeets Ball spielte, strahlte.

»Des isch a gute Idee. Felix, komm doch amol her. Woisch was? I geb dr jetzt an Oimer und na gohsch und sammelsch alle Schnecke ei. Kriegsch für jede Schneck zehn Pfennig.«

»Ja, bisch du no gscheit?«, sagte Herr Nägele. »Woisch du überhaupt, wie viel Schnecke mir des Jahr im Garte hen? Fünf Pfennig pro Schneck isch Haufe gnug.«

Als Frau Nägele mein wenig begeistertes Gesicht sah, sagte sie: »I geb em an Gummihandschuh«, was Felix allerdings für völlig überflüssig erachtete.

Nach einer guten halben Stunde war er wieder da. Stolz stellte er den halb vollen Eimer auf den Tisch.

»Felix!«

Er sah mich verständnislos an.

»Und, wie viel sen's na?«, wollte Herr Nägele wissen.

Felix zuckte die Schultern.

»Ja, hasch se net zählt?«

»Ich kann bloß bis zehn zählen«, erklärte Felix. »Aber wir können sie ja nochmal raustun und zusammenzählen.«

Dabei machte er Anstalten, den Schneckeneimer auf dem Tisch auszuleeren. Wir Erwachsenen griffen entsetzt ein.

»Woisch was«, sagte Herr Nägele, »i geb dr fünf Mark, na bisch gut bedient. An Stundelohn von zehn Mark isch net schlecht in deim Alter.«

Felix, der gerade mal eine Mark Taschengeld in der Woche bekommt, war hochzufrieden.

»Und was machen wir jetzt damit?«, fragte Martin.

Herr Falkenstein sagte: »I du se als in a Plastikguck, bind's obe zu, dass se net rauskönnet, und stopf's na in Kudderoimer.«

»Ha, des isch ja a schene Sauerei«, bemerkte Frau Nägele. »Dr Kudderoimer wird doch erscht am Freidag gleert. Da gießet mr heiß Wasser druff, na isch dr Kittel gflickt.«

Felix, dessen Tierliebe noch jeder Kreatur gilt, auch wenn sie kriecht, unbehaart ist oder mehr als vier Beine hat, sah uns Erwachsene entsetzt an. Dann schnappte er sich blitzschnell den Eimer, rannte zum Zaun und kippte den ganzen glibberigen Inhalt hinüber in Falkensteins Garten. In seinen Augen die einzig logische Lösung: Er hatte seinen Auftrag, die Schnecken aus Nägeles Garten zu entfernen, erfüllt, ohne den armen Tieren Schaden zuzufügen.

Herr Falkenstein lief augenblicklich rot an, sprang auf und rannte Felix hinterher, aber er konnte das Unglück nicht mehr verhindern.

»Ja, bisch denn du nemme ganz bache, du Rotzlöffel, du! Die Scheißviecher fresset mr doch mein ganze Salat ab. Ha, du bisch doch an Allmachtsdackel, an saubleder Seckel, an saubleder!«

Ich biss mir auf die Lippen, um nicht laut loszulachen, aber als ich Frau Knödler ansah, die mir gegenübersaß und offensichtlich mit dem gleichen Problem kämpfte, konnte ich nicht mehr an mich halten. Wir prusteten gemeinsam los. Die anderen stimmten in unser Gelächter ein. Bis auf Herrn Falkenstein, den unser Lachen noch mehr in Rage brachte.

»Ha, da könntsch doch uff dr Sau drvo. Jetzt gohsch da nom und sammelsch se alle wieder ei!«, schrie er Felix an, der wie versteinert dastand und ihn mit großen Augen entsetzt ansah.

»Jetzt versecklet Se doch den arme Kerle net so«, beschwichtigte ihn Frau Knödler. »Er hat's ja bloß gut gmoint. Mir ganget jetzt alle gschwind nom und sammlet die Viecher wieder ei.«

So endete dieser Abend, der so überaus appetitlich begonnen hatte, damit, dass wir alle in Falkensteins Garten knieten und die Nacktschnecken wieder in den Eimer sammelten. Das heißt, noch war der Abend nicht zu Ende, denn sobald der Eimer gefüllt war, standen wir wieder vor demselben Problem: Wohin mit den Schnecken?

Jede Vernichtungsaktion, die Leib und Leben der Schnecken bedrohte, schied wegen Felix aus. Dreimal darfst Du raten, wer die rettende Idee hatte? Frau Knödler natürlich!

»Komm«, sagte sie zu Felix, »mir traget se uff den leera Acker und kippet se da aus.«

»Aber da kommet se doch alle wieder zrück«, beklagte sich Herr Falkenstein.

»Des Feld isch dreihundert Meter weg. Da brauchet die bei ihrem Schnecketempo ewig. Und außerdem könnt's ja sei, dass se in d' andre Richtung marschieret, nach allem, was die bei uns heut Abend ghört hen. Also, wenn i a Schneck wär, na däd i gwieß nemme in d' Richtung von unsre Gärte laufe.«

Felix nickte zustimmend mit dem Kopf.

»I han ja gar net gwisst, dass Sie so a Schneckefreundin sen«, stichelte Herr Falkenstein.

»Bin i au net«, gab Frau Knödler zurück, »aber i bin em Felix sei Freundin. Und deshalb traget mir seine Schnecke jetzt da nuff, bevor's dunkel wird. Komm, Felix!«

Seit diesem Abend ist Frau Knödler in Felix' Achtung mächtig gestiegen, falls das überhaupt noch möglich war. Dafür ist er auf Herrn Falkenstein gar nicht mehr gut zu sprechen. Aber ich denke, das beruht auf Gegenseitigkeit.

Ich hoffe, dieser Brief, der nach Grillfleisch duftend begonnen und leider etwas unappetitlich geendet hat, hat Dich nicht gerade beim Essen erreicht. Apropos Essen: Ich lege Dir das Rezept für Maultaschen bei, von denen in diesem Brief ja auch die Rede war, und zwar inklusive des Rezepts für den Nudelteig. Ich habe es da einfacher, denn hier gibt es ihn auf Vorbestellung einmal in der Woche beim Bäcker zu kaufen.

Thaddäus Troll spricht in diesem Zusammenhang von der »leichenfarbenen Hülle aus Nudelteig, die jedem optischen Reiz entsagt und appetitzügelnd wirkt«. Weil die Maultaschen so wenig einladend aussehen, schmecken sie laut Thaddäus Troll »hehlinge gut«, also heimlich gut. Angeblich diente diese Nudelteighülle ursprünglich dazu, den lieben Gott zu täuschen. Der Nudelteig sollte das Fleisch verbergen, dessen Genuss den Katholiken am Freitag verboten war.

Das Geheimnis der Maultaschen ist ihre Füllung, und die ist schon fast eine Weltanschauung: Ob mit oder ohne Spinat, nur mit Hackfleisch oder mit Brät gemischt. Inzwischen bekommt man sie in einigen Restaurants sogar schon mit Lachs- oder Gemüsefüllung. Aber ich denke, dass es sich in diesem Fall um »reigschmeckte« Köche handelt. Ein schwäbischer Koch würde von so »nuimodischem Zuigs« sicher nicht viel halten.

Falls es Dich stört, dass die Maultaschen »wie Wasserleichen in der Fleischbrühe schwimmen«, auch das ein sehr anschauliches, wenn auch wenig appetitanregendes Troll-Zitat, kannst Du sie in Scheiben geschnitten und mit Rührei übergossen in der Pfanne gebraten essen, schmeckt ebenfalls sehr lecker. Dazu gibt's dann echt schwäbischen Kartoffelsalat.

Aber ich schlage vor, Du kommst uns demnächst einmal besuchen, dann kannst Du das alles erst einmal bei uns probieren.

Einen wunderschönen Sommeranfang mit Grillwürstchen und Stachelbeerbeinen, aber hoffentlich ohne Schneckenplage wünscht Dir

Deine Katharina

PS: Falls Du es nicht dem Zusammenhang entnehmen konntest: Der »Buckel« ist der Rücken, »a Plastikguck« eine Plastiktüte, der »Kudderoimer« die Mülltonne, »net ganz bache« bedeutet nicht ganz gescheit, »verseckle« heißt ausschimpfen und bei »Rotzlöffel« und »Allmachtsdackel« handelt es sich um Schimpfwörter, die sich wohl kaum ins Hochdeutsche übersetzen lassen. Und »nuimodischs Zuigs« ist neumodisches Zeug, mit dem die Schwaben in der Regel nicht allzu viel am Hut haben.

Maultaschen

Nudelteig

In 500 g Mehl eine Mulde machen, 4 Eier und 1 Prise Salz zugeben. Einen glatten Teig kneten, eine Rolle formen, in 6 Segmente teilen und jedes hauchdünn zu einem etwa 18 Zentimeter breiten Rechteck ausrollen.

Füllung

1 Zwiebel und 1 Lauchstange fein schneiden und in der Pfanne glasig dünsten, 4 Brötchen (vom Vortag) einweichen und ausdrücken, 1 Bund Petersilie (und eventuell gekochten Spinat) fein hacken und mit der Zwiebel, dem Lauch und den Brötchen vermengen. 3 Eier und 400 g Hackfleisch unterarbeiten, mit Salz, Pfeffer und Muskatnuss würzen.

Zubereitung

Die Teigbahnen gleichmäßig mit der Masse bestreichen, von der langen Seite aus zweimal umschlagen, das obere Ende des Teigs mit Eiweiß bestreichen, schräge Stücke abschneiden und in heißer Fleischbrühe 10 bis 12 Minuten ziehen lassen.

Du kannst die Füllung auch in kleinen Häufchen auf eine schmalere Teigbahn legen und diese nur einmal umschlagen. Wenn du die »leeren« Teigstreifen zwischen den Häufchen dann mit einem Messer oder noch besser einem Rädchen in der Mitte durchschneidest und die Teigenden festdrückst, entstehen Taschen. Vielleicht hat der Name »Maultasche« hier seinen Ursprung.

Frau Nägele jedenfalls schwört auf diese Methode. Angeblich mag ihr Mann die »leeren Teigenden« besonders gern. Frau Knödler dagegen ist wie immer praktisch und bevorzugt die andere Variante. »Des goht schneller«, meint sie, »und mr hat zum Deig immer au a Fleisch im Mund. Wenn i bloß Deig esse will, ess i glei Nudle.«

Unverhofft kommt oft

Bei uns braucht mr nix Neus,
mir hent am Alte gnug.

Liebe Julia,

ein Brief ganz auf die Schnelle, zwischen Blumengießen und Kofferpacken. Jawohl, Du liest richtig: Kofferpacken!

Eigentlich wollten wir dieses Jahr ja Urlaub auf Balkonien machen, hauptsächlich aus Kostengründen, denn der Umzug war ziemlich teuer, die neuen Vorhänge und die Einbauküche auch. Aber dann kam Martin vorgestern nach Hause und öffnete die Wohnungstür mit dem unheilschwangeren Triumphruf: »Überraschung!«

Kurz und gut – für lange Ausführungen fehlt mir leider die Zeit –, Martins Kollege Dieter Hepperle und seine Familie hatten mit Freunden einen gemeinsamen Urlaub in einem Ferienhaus in Österreich geplant. Nun ist der Freund plötzlich krank und eine der beiden Ferienwohnungen damit frei geworden.

»Du, die ist supergünstig, und es sind nur zehn Minuten zum Millstätter See«, schwärmte Martin. »Wir müssten allerdings schon am Samstag losfahren.«

»Du meinst diesen Samstag?«

Du kannst Dir meine Begeisterung vorstellen. Spontanaktionen sind nicht meine Sache. Und ich, das heißt wir, hatten uns geschworen: Nie ein gemeinsamer Urlaub mit anderen Leuten! Ich habe schon oft genug erlebt, dass man Leute, die einmal gemeinsam Urlaub gemacht haben, anschließend nicht mehr zusammen einladen kann. (»Wir kommen gern, aber bitte nicht zusammen mit Vera und Jürgen. Also, wenn ich dir erzähle, was wir mit denen im Urlaub erlebt haben, das glaubst du mir nie …«) Dieses Argument ließ Martin nicht gelten.

»Wir haben doch unsere eigene Wohnung. Das macht uns völlig unabhängig. Gemeinsame Unternehmungen sind Vereinbarungssache. Und vielleicht ist es manchmal sogar ganz nett. Hepperles haben nämlich eine kleine Tochter, ein halbes Jahr jünger als Felix. Das passt prima. Du weißt doch, wie nervig Felix im Urlaub sein kann, wenn er keinen zum Spielen hat.«

Da hat Martin recht. Ein Urlaub mit Einzelkind kann anstrengender sein als mit einer ganzen Schulklasse: »Mir ist so langweilig. Was soll ich machen? Mama, spielst du mit mir?«

Ein Junge wäre natürlich besser gewesen, aber wenn keiner da ist, wird Felix sich vielleicht auch mit einem Mädchen begnügen. Martin und Felix waren von der überraschenden Urlaubsidee so begeistert, dass ich kein Spielverderber sein wollte. Morgen geht's los!

Deshalb mache ich Schluss für heute. Falls ich nicht zu faul bin, werde ich Dir aus dem Urlaub ausführlicher schreiben.

Im Packstress,

Deine Katharina

Wenn einer eine Reise tut

Mit de Domme treibt mr d' Welt om.

Liebe Julia,

meine schlimmsten Alpträume sind wahr geworden! Aber der Reihe nach.

Der Aufbruch in den Urlaub war wie immer chaotisch. Ich weiß nicht, welche Vorstellungen Martin davon hat, was eine dreiköpfige Familie für einen vierzehntägigen Urlaub an Kleidung und Wäsche benötigt, aber sie sind in jedem Fall falsch. Ich habe jedenfalls nicht vor, im Urlaub die Waschmaschine anzuschmeißen. Martin sah mich wie jedes Jahr vorwurfsvoll an, als er die Gepäckansammlung sah, und sagte wie jedes Jahr: »Wir machen keine sechswöchige Nordpolexpedition. Wie soll denn das ins Auto passen?«

Es passte wie jedes Jahr.

»Nächstes Jahr wärst du froh, wenn du nur so viel mitnehmen müsstest«, versuchte ich ihn zu trösten. »Da müssen noch die Windelpakete mit, der Kinderwagen und das Reisebettchen.«

»Nächstes Jahr bleiben wir zu Hause«, erwiderte Martin.

»Entschuldige mal, wer wollte denn …«

»Okay, okay«, sagte Martin und schleppte klaglos, aber mit finsterer Miene Koffer und Taschen zum Auto.

Felix war überall im Weg und brachte den Urlaub in letzter Minute fast zum Platzen, weil er unbedingt seinen Go-Cart mitnehmen wollte. Das lehnte Martin kategorisch ab, worauf Felix sich auf den Boden warf und zwischen den unzähligen Gepäckstücken einen bühnenreifen Trotzanfall simulierte. Was Martin wiederum in seiner schon etwas angeschlagenen Verfassung fast zum Ausflippen brachte.

Endlich saßen wir im Auto, Martin total genervt, ich total erschöpft und Felix total beleidigt. Das hatte den Vorteil, dass er bis zur ersten Ampel stumm blieb.

Dann fragte er wie immer: »Wann sind wir denn endlich da?«

An der zweiten Ampel sagte ich wie immer: »Hoffentlich hab ich die Kaffeemaschine ausgeschaltet.«

Und Martin antwortete wie immer: »Hast du.«

Neulich habe ich gelesen, dass immer wiederkehrende Rituale Familienmitglieder zusammenschweißen und für das Familienleben deshalb sehr wichtig sind. Aber ich glaube, das hat sich wohl mehr auf gemeinsame Mahlzeiten und Fernsehabende bezogen.

»Bitte, Martin, fahr noch mal zurück oder halt wenigstens an der nächsten Telefonzelle kurz an, damit ich Frau Knödler anrufen kann. Sonst hab ich im ganzen Urlaub keine ruhige Minute. Das willst du doch nicht, oder?«

Nein, das wollte Martin nicht, denn er wusste, dass auch er dann keine ruhige Minute haben würde.

Es war also ein völlig normaler Start in den Urlaub. Und deshalb kamen wir sieben Stunden später auch wie immer ganz vergnügt bei unserem Ferienhäuschen an. Es sah wirklich nett aus.

»Na, gefällt's dir?«, fragte Martin strahlend und drückte auf den Klingelknopf.

Eine hübsche Blondine in knappen weißen Shorts und noch knapperem schwarzem Bustier öffnete uns die Tür.

»Hi, i bin d' Babs. Und du bisch sicher d' Katharina. Ach, woisch was? I sag oifach Kati zu dr, Katharina isch so furchtbar lang.« Und damit küsste sie mich rechts und links auf die Wange.

Mir blieb die Luft weg, aus mehreren Gründen.

Erstens sah Babs aus wie die Frau aus dem Artikel *Machen Sie das Beste aus ihrem Typ* auf dem Foto *Nachher*. Ich sah zwar auch so aus, aber wie auf dem Foto *Vorher*.

Vielleicht hätte ich, statt meinem Waschkorb auf den Grund zu gehen (es sind übrigens wieder ein beiger und ein brauner Socken übriggeblieben) und noch schnell aus zehn Pfund Erdbeeren Marmelade zu kochen (aus Sorge, dass es nach dem Urlaub keine mehr gibt), meinem Friseur einen Besuch abstatten sollen. Babs hätte das sicher getan und ihrer Familie nach dem Urlaub hübsch frisiert und mit strahlendem Lächeln Bell-Frutti-Marmelade von Coop, das Glas zu drei Mark 98, serviert.

Zu spät.

Zweitens hasse ich es, wenn Leute, die ich überhaupt nicht kenne und vielleicht auch gar nicht mag, mich nicht nur ganz selbstverständlich duzen, sondern meinen hübschen Namen auch noch ungefragt verunstalten. (Ich muss allerdings zugeben, dass ich ihr trotzdem ein wenig dankbar dafür bin, dass sie sich für Kati und nicht für Kätter entschieden hat.)

Drittens hasse ich es, wenn Leute, die ich gar nicht kenne und vielleicht auch gar nicht mag, mich ganz selbstverständlich und ungefragt küssen. Ein Kuss ist für mich ein Ausdruck von Zuneigung und setzt eine gewisse Test- und Bewährungsphase voraus. Das, was sich hier abspielte, war ein typischer, nichtssagender Schicki-Micki-Kuss, und die kann ich nicht leiden.

»Des«, stellte Babs vor, »isch dr Didi, na ja, ihr Männer kennet euch ja scho, und des isch unser Püppi.«

Didi sah recht sympathisch aus, Püppi sah aus wie die verkleinerte Ausgabe ihrer Mutter, allerdings im Rohzustand, sprich ohne Lidschatten, Wimperntusche und Lippenstift. Nur ihre kleinen Finger- und Fußnägel waren rot angemalt. Früh übt sich, was eine kleine Babs werden will.

Es gibt Momente im Leben, da weiß man es im ersten Augenblick. Das war ein solcher Moment. Ich wusste, dass mich mit dieser Frau wohl nie mehr als ein gemeinsames Ferienhaus für zwei Wochen verbinden würde. Und schon das erschien mir zu viel. Felix ging es mit der verkleinerten Ausgabe offensichtlich genauso, denn auf Babs' Frage: »Na, wollet ihr zwoi Süße net a bissle mitnander spiele?«, schüttelte er nur entsetzt den Kopf. So ist es bis zum heutigen Tag geblieben.

Das alles wäre halb so schlimm, denn die Wohnung ist wirklich sehr hübsch, das Wetter toll, der Millstätter See und die ganze Gegend ein Traum, wenn Babs nicht an mir hängen würde wie eine Klette. Sie ist so anhänglich wie Felix und Tante Clärchen zusammen, mit dem einzigen Unterschied, dass ich Felix und Tante Clärchen mag.

Babs kann einfach nicht allein sein. Wenn wir einen Wandertag planen, gehen Hepperles mit uns wandern. Wenn wir ins Strandbad gehen, wollen sie auch baden. Wenn ich losziehe, um mir Strandschuhe zu kaufen, kommt Babs mit. Wenn ich mich ins Strandcafé flüchte, um einen Kaffee zu trinken, begleitet sie mich. Wenn ich im Liegestuhl liege und lesen will, liegt Babs neben mir. Und was das Lästigste ist: Sie redet ununterbrochen!

Ich hatte mich so aufs ungestörte Schmökern gefreut. Weißt Du, wie weit ich in meinem Roman gekommen bin? Bis Seite 58, und das in zehn Tagen! Frag mich aber bitte nicht, was drinsteht. Ich kann Dir allerdings haarklein wiedergeben, was Babs mir an den entsprechenden Stellen gerade erzählt hat. Wenn ich zum Beispiel Seite sieben aufschlage, fällt mir die plastische Schilderung von Püppis Geburt ein, auf Seite zwölf der Streit mit Babs' Schwiegermutter »um eine solche Lappalie« und auf Seite 33 der Ärger, als ihr Auto mitten auf der Kreuzung den Geist aufgab und der nette junge Mann im Porsche ihr zur Hilfe eilte. Ich glaube, man nennt so etwas eine Assoziation – ich könnte drauf verzichten, ehrlich. Ich frage mich nur, wie Dieter das aushält. Wahrscheinlich nur, indem er mit einer anderen Familie zusammen in Urlaub fährt.

Martin und ich haben schon angefangen, heimlich Pläne zu schmieden, wie wir den beiden entgehen können, abends leise im Schlafzimmer flüsternd. Nein, die Wände sind hier nicht so dünn, dass Babs uns hören könnte. Aber wir wollten nicht, dass Felix es mitbekommt und uns unfreiwillig verraten kann, bis wir dann feststellten, dass Felix unser bester Verbündeter ist. Dem geht die verkleinerte Ausgabe von Babs nämlich genauso auf die Nerven wie mir Babs. Und wenn es um Raffinesse geht, dann schlägt er uns beide um Längen.

Neulich haben wir's tatsächlich geschafft, heimlich wegzufahren und beim Faaker See zu sein, bevor die drei es gemerkt haben. Es war richtig aufregend. Wir schlichen auf leisen Sohlen die Treppe hinunter wie Einbrecher. Felix kam sich vor wie Winnetou auf dem Kriegspfad. Allerdings wäre das Unternehmen in letzter Sekunde fast gescheitert, weil Felix ausgerechnet vor Hepperles Wohnungstür die Ruder des Schlauchboots aus der Hand rutschten und scheppernd auf den Steinboden fielen, was bei mir einen hysterischen Lachanfall auslöste. Gott sei Dank brachten mich Felix' entsetzte Augen und sein ängstlich geflüstertes »Hör doch auf, Mama, bitte, bitte, hör doch auf« gerade noch rechtzeitig zur Besinnung.

Liebe Julia, sind hysterische Lachanfälle die ersten Anzeichen einer beginnenden Geisteskrankheit? Ich gebe zu, dass Martins Gesichtsausdruck sehr besorgt war.

Aber dann hatten wir doch einen ungestörten Urlaubstag im Strandbad. Leider habe ich einen Großteil dieses unvergesslichen Tags verschlafen, weil wir so früh aufstehen mussten. Und dreimal bin ich erschrocken aus dem Schlaf aufgefahren, weil ich glaubte, Babs' Hi-Süße-Schrei gehört zu haben. Und wenn ich wach war, hielt ich die ganze Zeit unruhig nach Babs Ausschau, obwohl der Faaker See von unserer Wohnung gut eine Stunde entfernt ist und wir seinen Namen vorsichtshalber nie in den Mund genommen haben.

Leider war es das einzige Mal, dass ein Fluchtversuch so erfolgreich war. Aber es wird ein Ferientag sein, an den ich mich noch als Großmutter erinnern werde. So hat alles im Leben zwei Seiten, selbst Ferien mit Babs und Dieter. Wie heißt's so schön? Wer nie das Unglück erlebt hat, der weiß das Glück gar nicht zu schätzen – oder so ähnlich.

Ich frage mich wirklich, was Babs an mir findet. Ich kann mir nicht vorstellen, dass ich ihr Typ bin. Bestimmt findet sie mich todlangweilig. Andererseits könnte sie unmöglich jemanden neben sich ertragen, der ihr die Schau stiehlt und der vor allem genauso viel redet wie sie.

Doch nun zu meinem neuesten Erlebnis mit Babs. Du weißt, ich bin kein Morgenmensch. Deshalb liebe ich es, im Urlaub lange zu schlafen, (sofern ich nicht um 6 Uhr aufstehen muss, um vor Babs zu flüchten), gegen halb zehn am fertig gedeckten Frühstückstisch zu erscheinen und ausgiebig und genüsslich im Nachthemd zu frühstücken. Nicht spätestens um neun geschniegelt und gebügelt im Frühstückszimmer des Hotels antreten zu müssen, ist der Vorteil von Ferienwohnungen.

Gestern hatte Martin sich mit Dieter zum Tennisspielen verabredet (die beiden verstehen sich prima, was ich gut nachvollziehen kann, denn Dieter ist wirklich ein netter Kerl), und ich spülte mit Felix das Frühstücksgeschirr ab, als es an der Tür klingelte. Felix sauste los. Mein Rückhalteschrei kam zu spät. Felix hatte die Tür schon aufgerissen.

»Hi, Süßer«, flötete es draußen.

Sagte ich schon, dass ich es hasse, wenn jemand meinen Sohn Süßer nennt?

Babs rauschte in die Küche, diesmal im flotten Strandkleid, das ihre braun gebrannten, makellosen Beine gut zur Geltung brachte. Über meinen Anblick im etwas ausgewaschenen Blümchennachthemd und mit rotem Spängchen im zerzausten Haar wollen wir lieber höflich den Mantel des Schweigens breiten.

»Hi«, sagte Babs, »süß siehsch aus.«

Diese offensichtliche Lüge war schlimmer, als wenn sie einfach den Mund gehalten und diskret an mir vorbeigeschaut hätte.

»D' Püppi isch mit em Didi Tennis spiele.«

»Ah ja. Darf ich mal?«

Babs stand genau vor dem Küchenschrank, in den ich gerade die Tassen räumen wollte.

»Im Urlaub muss i oifach mal mei Ruh han. D' Püppi isch ja wirklich süß, aber du woisch ja selber, wie des mit Kender isch. Die fordern oin ununterbroche. Des goht oifach an d' Substanz.«

»Entschuldige, darf ich mal?«

»Dr Ulf hat gsagt ...«

»Wer?«

»Dr Ulf, des isch mei Therapeut.«

Den duzt sie also auch. Und ohne Zweifel küsst sie ihn auch. Er hat allerdings ebenso wie Martin und Felix das unverschämte Glück, dass man seinen Namen nicht so ohne weiteres verstümmeln kann.

»Woisch, i war total mit de Nerve fertig. Dauernd richt i mi bloß nach andre Leut. Will's meira Schwiegermutter recht mache, will's em Didi recht mache, will's dr Püppi recht mache, und des ka auf Dauer ...«

»Darf ich mal? Danke.«

»Also, des ka auf Dauer net gutgange. I han scho richtige Depressione ghet. Mei Schwiegermutter verstoht des net. Die sagt: ›Mädle, i woiß gar net, was du willsch. Du hasch doch alles.‹ Aber um des goht's doch gar net. ›Meine liebe Babs‹, hat dr Ulf gsagt, ›du muscht einfach egoistischer werde, sonst gohscht du vor die Hunde. Du bischt du‹, hat 'r gesagt, ›du bischt du.‹«

Wenn Babs versucht, hochdeutsch zu sprechen, ist es fast noch schlimmer.

»Entschuldige, du stehst genau ... danke.«

»Und ob de's glaubsch oder net, seit i des beherzig, goht's mr besser. Ich bin ich, isch des net wunderbar? Du sottsch des au mal ausprobiere.«

Das würde ich ja liebend gerne. Ich weiß, ich hätte es tun sollen. Ich hätte sagen sollen: »Ich bin ich. Und ich möchte jetzt allein sein«, und sie hinauswerfen. Aber ohne Ulfs Unterstützung schaffte ich es einfach nicht.

Als Martin eine Stunde später zurückkam, war ich noch immer im Nachthemd, allerdings saß ich inzwischen auf dem Sofa und trank in meiner Verzweiflung eine Tasse Kaffee, während Babs mich darüber aufklärte, welch großartige Erfahrungen sie in der Selbsterfahrungsgruppe gemacht hatte.

»Jemineh, jetzt hätt i doch vor lauter Schwätze fascht vergesse, warum i überhaupt rumkomme bin. Mir fahret nämlich morge nach Venedig, dr Didi und i. Aber für d' Püppi isch des natürlich nix. Des isch ja langweilig für so a Kind. Und da hen mr denkt, mr lasset se oifach bei euch. Des isch doch prima, da könnet die zwoi a bissle mitnander spiele, gell, Felix?«

Leider fehlten uns beiden die Erfahrungen aus Ulfs Therapiestunden, sonst hätten wir jetzt unisono gerufen: »Ich bin ich.« Und das Buch *Sag nicht ja, wenn du nein sagen willst* habe ich zwar im Urlaubsgepäck, aber ich bin leider noch nicht dazu gekommen, es zu lesen (siehe oben!). So konnte ich nur auf die Ratschläge meiner Mutter zurückgreifen und die waren in diesem Fall leider wenig hilfreich. Sie hat mir nämlich dummerweise beigebracht: »Sei höflich, Kind, und hilf den Leuten, wenn du kannst.«

Hab ich schon erwähnt, dass ich die verkleinerte Ausgabe von Babs genauso wenig leiden kann wie ihre Mutter? Entschuldige bitte, wenn ich das Kind so blöd nenne, aber jedesmal, wenn ich Püppi schreibe, was ich übrigens genauso blöd finde, habe ich Babs' schrillen Tonfall im Ohr.

Was mich am nächsten Morgen aus meinen süßen Träumen riss, war der durchdringende Schrei der verkleinerten Ausgabe von Babs: »I will net dableibe. I will mit nach Venedig!« und Babs' Stimme: »Siehsch, Didi, des han i geschdern dr Kati erklärt: Da musch durch. Da musch egoistisch sei und denke: Ich bin ich. Sonsch schaffsch des nie. Na bleibsch dei Lebe lang dr Dackel von andre Leut. Also, na bis heut abend. Tschüs, Püppi, sei schön brav.«

Püppi dachte nicht daran, schön brav zu sein. Püppi kannte auf jede Frage nur eine Antwort.

»Püppi, was möchtest du trinken?«

»I will nix trinke, i will mit nach Venedig!«

»Sag mal, magst du Spaghetti?«

»Noi, i will mit nach Venedig!«

»Sollen wir baden gehen oder lieber Minigolf spielen, was meinst du?«

»I will mit nach Venedig!«

Wir versuchten es mit allen Tricks. Wir lasen vor, wir spielten Federball, wir schalteten den Fernseher ein, wir gingen zum See, wir kauften Eis und Schokolade. Wir ließen keinen Trick aus dem Kapitel *Wie lenke ich ein Kind von seinem Kummer ab?* aus. Es nützte nichts. Die verkleinerte Ausgabe von Babs war wie eine Sprechpuppe, in die nur ein Satz einprogrammiert ist. Wir waren mit unseren Nerven fast am Ende, da sprach Felix den entscheidenden Satz: »Wenn du jetzt noch einmal sagst: ›I will mit nach Venedig‹, dann hau ich dir eine in die Fresse, dass dir alle Zähne einzeln rausfliegen! Is das klar?«

»Felix!« Ich sah ihn entsetzt an.

»Na, is doch wahr«, sagte Felix.

Und wenn er recht hat, hat er recht. Was alle unsere Tricks aus dem *Pädagogischen Handbuch für genervte Eltern* nicht vollbracht hatten, das hatte Felix geschafft: Die verkleinerte Ausgabe von Babs sprach den bewussten Satz kein einziges Mal mehr aus. Als Babs und Dieter abends zurückkamen, saß sie mit Felix friedlich vor dem Fernseher und sah sich Bugs Bunny an.

»Siehsch«, sagte Babs, »so isch's immer. Erscht a groß Gschrei, und sobald de ums Eck bisch, isch alles in Butter. Mr sodd des viel öfter mache.«

O nein, bitte nicht! Wenigstens nicht mit uns.

Ich würde ja wahnsinnig gern auch mal mit Martin nach Venedig fahren, durch die schmalen Gässchen bummeln, auf dem Canal Grande fahren, auf dem Markusplatz sitzen, den Tauben zusehen, über die vorbeiflanierenden Touristen lästern und genüsslich einen Cappuccino schlürfen, das wär's! Nur, Venedig mit Felix – kannst Du vergessen! Wir könnten ihn natürlich bei Babs und Dieter lassen (Du weißt schon: Ich bin ich), aber Felix hat uns angedroht, dass er da keine fünf Minuten bleibt.

»Da schrei ich den ganzen Tag: ›Ich will mit nach Venedig!‹«

»Ach Felix, das wäre herrlich. Würdest du das wirklich tun? Ich würd's den beiden so gönnen.«

Felix grinste verständnisvoll und sagte: »Ich überleg's mir!«

Ach, Julia, sag selbst, ist er nicht ein großartiges Kind? Aber ist das Opfer nicht zu groß, das wir da von ihm erwarten? Noch vier Tage haben wir vor uns. Ich glaube, das überlebe ich gerade noch. Vor allem, falls wir wirklich nach Venedig fahren. Aber lass Dir eins gesagt sein: Fahr nie gemeinsam mit anderen Leuten in Urlaub, es ist die Hölle!

Das Schöne am Urlaub ist, dass man sich wieder richtig auf zu Hause freut, findest Du nicht?

Es grüßt Dich, total am Ende und mit Vorfreude im Herzen,

Deine Katharina

PS: Du wunderst Dich, woher ich die Zeit und Konzentration nehme, Dir diesen Brief zu schreiben? Babs und Dieter sind heute nach Klagenfurt gefahren. Da können sie die verkleinerte Ausgabe von Babs natürlich nicht brauchen. Ich habe beschlossen, sobald ich nach Hause komme, den Volkshochschulkurs *So setze ich mich durch* zu belegen.

Martin ist mit der verkleinerten Ausgabe von Babs und Felix zum Minigolfplatz gefahren, damit ich ein bisschen Ruhe habe. Ist das nicht süß? (Oh Gott, lass es nicht wahr sein! Ich fange schon an zu reden wie Babs!). Vielleicht hat Martin auch nur keine Lust, bald jedes Wochenende bei mir in der Nervenheilanstalt zu verbringen.

Hoffentlich hat das Butzele keinen bleibenden Schaden bekommen. Die Stimmungen der Mutter sollen sich angeblich auf das ungeborene Kind übertragen. Andererseits soll ein bisschen Stress gut sein (ein bisschen!). Dann lernt das Kind schon im Mutterleib, mit Stresssituationen besser fertig zu werden. Meine Mutter scheint während ihrer Schwangerschaft ein sehr stressfreies Leben geführt zu haben.

Übrigens, das Bücherschreiben hat einen großen Vorteil. Wenn ich so etwas Schreckliches erlebe wie diesen Urlaub mit Babs, dann tröste ich mich damit, dass ich das vielleicht einmal in irgendeinem Roman verwenden kann.

Ein Wunderfitz und nichts anzuziehen

Dr Name Braut isch schö,
aber 's därf net lang daure.

Liebe Julia,

vielen Dank für Deine Urlaubskarte.

Es tröstet mich übrigens gar nicht, dass auch euer Urlaub eure Erwartungen nicht erfüllt hat. Das ist eine bösartige Unterstellung Deinerseits! Zugegeben, manchmal bin ich schon schadenfroh, aber doch nicht, wenn es um Dich geht. Das solltest Du eigentlich wissen!

Apropos Urlaubskarte – weißt Du eigentlich, was ein Wunderfitz ist? Also, ein Wunderfitz ist ein neugieriger Mensch, der seine Nase in Dinge steckt, die ihn eigentlich nichts angehen. Ein solcher Wunderfitz ist Herr Dieterle, unser Briefträger.

»Sie, des dud mr aber leid, dass Ihr Freundin so a Pech ghet hat im Urlaub«, sagte er neulich zu mir.

Ich verstand zuerst gar nicht, was er meinte. »Wer?«

»Ha, d' Julia. Des isch doch Ihr Freundin, oder net? Also, dass die au so a Pech han müsset mit em Wetter und mit ihrem Hotel. Da hat mr oimal im Jahr Urlaub und na so ebbes. D' Klospülung funktioniert net, und na au no a Baustell direkt vor em Fenschder. Ha, des isch doch a Granadasauerei. Da hen se neulich bracht, wie die oin in dene Reiseprospekt aschmieret. Wenn da stoht: ›Aufstrebender Ferienort‹, na hoißt des nix anders, als dass da no feschde baut wird. Wer denkt au an so ebbes. Und zentral gelegen hoißt, dass es ganz schee laut isch. Und wenn …«

»Aber woher wissen Sie das denn?«

»Ha, in dr Zeitung isch's gstande. Hen Se's net glese?«, fragte Herr Dieterle.

»Dass bei Julia vor dem Hotel eine Baustelle ist?«

»Ha noi, des net«, lachte Herr Dieterle. »Des stoht uff dere Kart. Da, gucket Se.«

Und damit begann Herr Dieterle, mir Deine Karte vorzulesen, so, als handle es sich dabei um einen ganz selbstverständlichen Service der Deutschen Bundespost.

Denk also beim Schreiben immer daran, dass Herr Dieterle es für seine Beamtenpflicht und -schuldigkeit hält, das, was er austrägt, auch zu lesen. Sofern er es lesen kann. Die Karte von Henry und Biggy zum Beispiel konnte er nicht lesen, obwohl sie ihn sicher sehr interessiert hätte. Sie steckte in einem Kuvert – eine Einladung zur Hochzeit! Sehr originell übrigens, schließlich ist Henry nicht umsonst gelernter Grafiker.

»Sag mal, kennst du in München eine Kirche, die *Waldwiese* heißt?«, fragte ich Martin. »Du hast doch jahrelang da gewohnt.«

»Eine Wieskirche kenne ich, aber die ist nicht in München.«

Ja, die kannte ich auch. Na egal. Es hörte sich jedenfalls sehr romantisch an.

Natürlich brauchten wir alle drei etwas Neues zum Anziehen. Die letzte große Festlichkeit war Felix' Taufe gewesen, und das lag jetzt fünf Jahre zurück. Bei Felix ist das noch relativ einfach. Er trägt sogar Geerbtes widerspruchslos, solange es nicht »nach Mädchen« aussieht.

Frau Knödler hat mir allerdings erklärt, dass die Sache schwierig wird, sobald die Kinder ins »Labelalter« kommen, also die Mode mit dem richtigen Markennamen brauchen. Dann leben Mütter im ständigen Zwiespalt, dem teuren Wunsch einfach nachzugeben oder ihr Kind zum Außenseiter zu stempeln.

Natürlich habe ich zu diesem Thema eine feste, sehr vernünftige Meinung. Aber inzwischen bin ich vorsichtig geworden, wenn es darum geht, meine pädagogischen Prinzipien in die Welt zu posaunen, bevor sie sich in der Praxis bewährt haben. Sich hinterher brüsten zu können, wenn die Sache wider Erwarten tatsächlich funktioniert hat, ist nämlich sehr viel angenehmer als im teuren Jeans-Laden genau die Mutter zu treffen, zu der man letztes Jahr noch überheblich gesagt hat: »Was denn, so was kaufst du? Also das käme bei mir nie in Frage! Wo kommen wir denn da hin?«

Aber wie gesagt, noch haben wir diese Probleme nicht.

Auch bei Martin gestaltet sich der Einkauf relativ problemlos, vorausgesetzt, wir betreten sofort das richtige Geschäft. Das richtige Geschäft ist ein sogenannter Herrenausstatter mit Namen Kümmerle.

Das war auch schon in Köln so, nur hieß er dort Kronbach. Es hat wenig Sinn, Martin zum Betreten eines anderen Geschäfts zu bewegen. Falls nicht das erste Jackett passt, steuert er sofort wieder dem Ausgang zu. Oder er steht gelangweilt zwischen den Ständern herum und schmettert jedes Jackett, das ich ihm zeige, ab mit: »Scheußlich«, »Ich bitte dich«, »Blau konnte ich noch nie leiden«, »Ist das dein Ernst?«.

Es ist eben ein großer Unterschied, ob Herr Kümmerle sagt: »Schlupfet Se doch mal gschwind nei. I glaub fascht, a Nummer größer wär's besser. Die Sache von dem Hersteller fallet immer arg kloi aus. Aber sonscht steht Ihne des Jackett ganz ausgezeichnet, gell, gnä Frau? Ha, mit Ihrer Figur ka mr halt alles trage«, oder ob die Ehefrau nervt: »Nun probier sie doch wenigstens mal an. Sag mal, hast du schon wieder zugenommen? Fünfzig hat dir letztes Mal doch noch gepasst!«

Eigentlich ist diese Treue Martins zu »seinem« Geschäft eine sehr sympathische Eigenschaft. Stell Dir vor, er legt sie auch auf anderen Gebieten an den Tag, was mich angeht zum Beispiel. Ich sehe ihn förmlich vor mir, wie er seine Augen gelangweilt über die Frauenwelt schweifen lässt und jedes Angebot empört abschmettert: »Zu dick«, »Zu schrill«, »Ist das Dein Ernst?«, »Wasserstoffblond konnte ich noch nie leiden«, um dann ohne Umweg wieder bei mir zu landen.

Aus Erfahrung klug geworden, ließ ich mich deshalb dieses Mal gar nicht erst auf Experimente ein. Sie waren ohnehin nur Zeitverschwendung. Wir gingen also gleich zu Kümmerle, wo Martin auf Anhieb einen schicken hellen Sommeranzug zur Hochzeit fand.

Bei Frau verläuft der Einkauf ganz anders. Sie stürzt sich lustvoll auf Schaufenster und Rundständer, wühlt und probiert und tut gut daran, sich eine weibliche Begleitperson mitzunehmen, die nicht müde wird, auch das zehnte Kleid geduldig zu begutachten und davon abzuraten. Irgendwann geht der Schwung nämlich verloren, und ich gerate in Versuchung, das Kleid mit dem schicken Schnitt zu kaufen, auch wenn es leider nur in Schilfgrün zu haben ist. In Schilfgrün bringe ich jede Farbberaterin im Nu zum Erblassen. Sie nimmt dann fast meine gesunde Gesichtsfarbe in selbigem Kleidungsstück an, nämlich die einer Wasserleiche drei Tage nach ihrem Ableben.

Ganz anders dagegen rot. In Rot sehe ich glatt zehn Jahre jünger aus, na gut – anderthalb. Man ist ja bescheiden und dankbar für jedes Jahr, bis zwanzig für jedes, das man älter aussieht, ab dreißig für jedes, das man jünger wirkt. Dass wir Frauen auch nie zufrieden sein können mit dem, was wir haben. 37 ist doch auch ein hübsches Alter, findest Du nicht? Leider ist das Kleid in dem traumhaften Rot wie ein Sack geschnitten und wäre wohl eher als transportable Umkleidekabine für den nächsten Strandurlaub geeignet.

Oder soll ich den Traum aus blauer Seide erstehen, der sitzt und passt und mir gut steht und nur einen Nachteil hat: Er kostet so viel wie die beiden anderen Kleider zusammen. Setze bitte Gesetz Nummer vier auf Deine Liste: Kleider, die einem passen und stehen, sind grundsätzlich zu teuer!

Irgendwann stellte ich resigniert fest: »Ihr werdet ohne mich zur Hochzeit fahren müssen!«

Doch wie so oft war Frau Knödler auch dieses Mal meine Retterin in der Not.

»Warum ziehet Se net oifach Ihren kurze, schwarze Rock a? Sie hen doch so scheene Fiaß, die könnet Se ruhig zeige, au jetzt no. Des lenkt a bissle von dr Mitte ab. Und na kaufet Se sich an hübsche Stoff, längsgstreift vielleicht, des streckt, und i näh Ihne a schicks Oberdeil draus. Des lohnt sich sowieso net, dass Se sich für oimal a teuers Kleid kaufet. Nachher ziehet Se doch koi Umstandskleid meh a.«

Genau so geschah's. Hab ich Dir schon erzählt, dass Frau Knödler gelernte Schneiderin ist? Mit ein paar sündhaft teuren schwarzen Strümpfen mit Naht sah ich wirklich recht passabel aus.

»Todschick«, meinte Frau Knödler. »Aber moinet Se net, dass Ihne des z' astrengend wird mit dene hohe Absätz?«

Natürlich hatte Frau Knödler auch da recht. Seit Wochen trage ich nur noch bequeme, flache Treter. Aber doch nicht zu einer Hochzeit! Wer schön sein will, muss leiden, das wusste schon meine Großmutter. Es wird dem Butzele hoffentlich nicht schaden. Und zur Sicherheit kann ich ja ein paar flache Schuhe zum Wechseln mitnehmen.

So viel für heute und vergiss nicht, Herrn Dieterle einen Gruß auf die nächste Karte zu schreiben, es wird ihn sehr freuen!

Deine Katharina

Skandal im Hause Nägele – oder: A Skandäle

A Esel isch a Esel,
aber a alter Esel isch a Rindviech.

Liebe Julia,

Du wirst es nicht für möglich halten, aber wir haben unseren hauseigenen Skandal, besser gesagt, hatten, oder eigentlich hätten gehabt, wenn ...

Nun, wie auch immer. Jedenfalls ist das englische Königshaus, an dessen Schicksal Frau Nägele so regen Anteil nimmt, nichts dagegen. Mich brachte Frau Knödler auf die Spur, als sie mich neulich fragte: »Wisset Sie eigentlich, was mit dr Frau Nägele los isch?«

»Mit Frau Nägele? Warum?«

»Ha, hen Se des net gmerkt«, erklärte mir Frau Knödler, »die sieht mr ja kaum no, und wenn, na schwätzt se kaum a Wort, und um d' Auge rom, da sieht se ganz verheult aus. Se wird doch net krank sei? Irgendebbes Schlimms moin i. Aber frage will mr halt au net, wenn se nix sagt.«

Frau Knödler hatte recht. Jetzt, wo sie mich darauf aufmerksam gemacht hatte, sah ich es ebenfalls. Aber auch ich traute mich nicht, Frau Nägele darauf anzusprechen. Dann ergab es sich, dass Frau Nägele und ich uns zufällig auf der Post trafen und gemeinsam nach Hause gingen.

»Frau Nägele, ich will wirklich nicht neugierig sein, und wenn Sie nicht darüber reden wollen, dann ist das in Ordnung, aber wenn Sie Sorgen haben und Hilfe brauchen ...«

»Ach Gott, Frau Sander«, seufzte Frau Nägele, »Sorge han i scho, aber helfe, helfe könnet Sie mir da net, Sie net und au sonsch niemand.«

Das hörte sich ja wirklich beunruhigend an.

»Aber Ihr Mann ...«

»Mei Ma, ausgerechnet der. Wege dem isch's ja!«

»Oh Gott, ist er krank?«

»Ach, wenn's des no wär. Nebenausgange dud 'r.«

»Was?«

Frau Nägele, die offensichtlich annahm, ich habe wieder einmal ihr Schwäbisch nicht richtig verstanden, erklärte: »Er geht danebenhinaus. Er hat a Geliebte.«

Und dann erzählte sie mir eine Geschichte, die ich kaum glauben konnte.

Herr Nägele hatte vor einiger Zeit angefangen, statt einmal wöchentlich zweimal zum Skatabend zu gehen – angeblich. Frau Nägele hatte sich nichts dabei gedacht, bis sie ihn eines Tages zufällig aus dem Haus seines Skatbruders Karl kommen sah.

»I han grad über d' Straß gange und en begrüße welle, da seh i, dass 'r net alloi isch. Lange rote Haar hat se und höchschdens Mitte vierzig isch se. Mitte vierzig, des muss mr sich mal vorstelle! Des könnt glatt sei Dochter sei!«

»Aber das beweist doch gar nichts«, beruhigte ich sie. »Vielleicht war das Karls Tochter oder eine zufällige Bekannte.«

»A zufällige Bekannte, ha, dass i net lach! Ganz erhitzt isch 'r gwese, mei Eugen, richtig rote Bäckla hat 'r ghet. Und uff se neigschwätzt hat 'r. So viel schwätzt der mit mir in ra ganze Woch net wie da in fünf Minute. Und so beschäftigt isch 'r gwese, dass 'r me net mal gseh hat uff dr andre Straßeseit. Zum Glück. Aber des isch ja no net alles. Ruft doch neulich a Fräulein a vom Reisebüro Ziegele. Mei Ma soll doch bitte nomal vorbeikomme, 's gäb da no a Frag wege dera Reis. Mei Ma isch ganz verlege worde und hat ebbes von ra Verwechslung gfaselt, wo i em des ausgrichtet han. Aber i seh doch genau, wenn mei Eugen lügt. Seit zwanzig Jahr fahret mir jedes Jahr zwoi Woche in d' Pension Fischer im Kloine Walsertal, seit zwanzig Jahr, und woanders krieg i mein Eugen au net na. Und in dr Pension Fischer buchet mr immer glei fürs nächschde Jahr, da drzu braucht der net ins Reisbüro gange. I sag Ihne, der will verreise mit dem Lompemensch, dem dreckige.«

Ich verstand die Welt nicht mehr. Der stille, nette, freundliche, solide, harmlose Herr Nägele sollte eine dreißig Jahre jüngere Geliebte haben? Immer hatte ich den Eindruck gehabt, in dieser Ehe habe Frau Nägele die Hosen an. Aber vielleicht lag ja gerade da der Hund begraben. Wenn man zu Hause unter dem Pantoffel steht und plötzlich eine jüngere Frau daherkommt und einen um den Finger wickelt, wer weiß, inwieweit man Herrn Nägele da überhaupt einen Vorwurf machen konnte. Die Frage war nur: Warum wickelte sie?

»Und grad jetzt«, schluchzte Frau Nägele. »Nächschde Sonndag feire mr Goldene Hochzeit. Besser gsagt, hen mr feire welle. Aber i han scho alles abbstellt, den Disch im ›Ochse‹ und des kalte Buffet für abends. Bloß de Kender han i no net agrufe. I woiß gar net, was i dene sage soll. Sogar dr Zeitung han i abgsagt.« Das schien Frau Nägele besonders hart zu treffen. »Die hen en Artikel über uns bringe welle, mit Foto uff em Sofa. In meim ganze Lebe han i no nie in dr Zeitung gstande. Jetzt muss i halt uff mei Dodesazeig warte. Lang ka's jetzt eh nemme daure. Vielleicht dud's em na leid, em Eugen. Aber na isch's z' spät. Aber wer woiß, vielleicht isch 'r ja au froh drum, wenn i aus em Weg bin. Dass 'r mr des adut. Schließlich sieht er doch au nemme aus wie vor fuffzig Jahr. Da hat 'r no meh Haar und weniger Bauch ghet. Aber deshalb mag i 'n doch oineweg no.«

Der Heimweg war nicht lang genug, um all das zu leeren, was sich in Frau Nägeles Kropf angesammelt hatte. Also saßen wir schließlich auf Frau Nägeles Sofa, während sie einen Melissengeist trank und mir ihr Herz ausschüttete. Fünfzig Jahre sind eine lange Zeit. Da gibt es viel zu erzählen: die Aufbaujahre nach dem Krieg, das zusammengesparte Häusle, die drei Kinder und jede Menge Krankheiten.

»Und jetzt, wo 's Häusle abzahlt isch und d' Kinder groß sen und's uns so gut goht wie no nie im Lebe, jetzt kriegt mei Ma sein dritte Frühling.«

Mir fiel nicht viel Tröstendes ein, außer der Hoffnung, dass sich alles vielleicht als Irrtum herausstellen würde. Aber daran glaubte ich selbst nicht so recht.

»Ach, wisset Se«, schnupfte Frau Nägele, »'s dud scho gut, wenn mr mal mit jemand drüber schwätze ka. Aber gell, Sie verzählet des niemand. I schäm mi ja so.«

Das ist auch so eine Sache. Frauen werden von ihren Männern betrogen, und dann schämen sie sich dafür. Wenn sich hier einer schämen müsste, dann war es doch wohl Herr Nägele. Aber der sah in letzter Zeit sogar besonders vergnügt aus, wenn ich genau darüber nachdachte.

Ich muss Herrn Nägele wohl etwas intensiver als sonst gemustert haben, als ich ihn zwei Tage später im Hausflur traf. Ich versuchte, mir eine heiße Liebesnacht zwischen ihm und der Rothaarigen auszumalen. Vergeblich! Nichts gegen Herrn Nägele, aber genauso gut könnte ich mir ein Nashorn beim Pas de deux vorstellen. Frau Nägele musste sich täuschen!

»Isch ebbes?«, fragte Herr Nägele.

»Nein, nein.«

»Sie, wo i Sie grad treff, i hätt da mal a Frag!«

Oh Gott, er würde sich bei mir doch hoffentlich keine praktischen Ratschläge holen wollen!

»Hen Se an Moment Zeit? Mei Frau isch nämlich grad bei dr Fußpfleg, des isch günschdig. Kommet Se gschwind rei.«

Das hörte sich verdächtig nach Verschwörung an. Aber ich konnte ihm seine Bitte schlecht abschlagen und im Übrigen war ich neugierig zu erfahren, was er von mir wollte.

»I wollt Sie bloß mal frage, ob Sie wisset, was meire Frau fehlt. Se isch in letschder Zeit manchmal so komisch. Und neulich hat se d' halb Nacht gheult. Aber se sagt mr oifach net, was los isch. Se sagt: ›Wenn du des net woisch.‹ Sie wisset ja, wie d' Fraue manchmal sen. Die moinet grad, mr könnt Gedanke lese, statt dass se oim saget, was los isch. Und i han denkt, dass se vielleicht Ihne ebbes gsagt hat, i moin, so von Frau zu Frau, Sie wisset scho.«

Mir blieb glatt die Spucke weg. Entweder Herr Nägele war der naivste Mensch auf Gottes weiter Erde oder der abgebrühteste Schwerenöter, den man sich vorstellen kann. Beides schien so gar nicht zu dem Bild zu passen, das ich mir bisher von ihm gemacht hatte. Es schien mit meiner Menschenkenntnis nicht besonders weit her zu sein.

»Na ja, Ihre Frau weiß Bescheid«, versuchte ich zu erklären, erntete aber nur einen verständnislosen Blick.

»Bescheid? Ja, über was denn?«

»Na, über Ihre Skatabende und über die Reise.«

Jetzt sah Herr Nägele ganz erschrocken aus, nein, eher enttäuscht.

»Au, des isch jetzt aber arg schad. Und mir hen uns doch so viel Müh gebe, dass se nix merkt.«

Schwäbisches Understatement in Ehren, aber in diesem Zusammenhang lediglich von »arg schad« zu sprechen, das kam mir doch reichlich kaltschnäuzig vor.

»Hat dr Karle ebbes verrate?«, wollte Herr Nägele jetzt wissen. »Wisset Se, dr Karle war so nett und hat uns sei Wohnung drfür zur Verfügung gstellt, dienschdags und donnerschdags von fünfe bis sechse. Erscht han i denkt, a Stund isch a bissle kurz, aber ehrlich gsagt, länger wie a Stund am Stück könnt i des gar net. Des isch fei scho astrengend. Naja, i bin ja schließlich au nemme dr Jüngschde, und wenn mr na mit so ra junge Frau mithalte will. Die hat nadürlich no a ganz andre Kondition. Aber wie's halt so isch: Was dud mr net alles aus Liebe, gell?«

Ich war sprachlos, wie schamlos selbstverständlich Herr Nägele über diese Sache sprach, so als handle es sich wirklich nur um harmloses Kartenspielen. Ein bisschen Reue und Zerknirschung war das wenigste, was ich von ihm erwartet hatte.

Am liebsten hätte ich mich möglichst schnell verabschiedet, aber dann klärte ich ihn doch darüber auf, dass Karl nicht der Schuldige war.

»Des hätt mi au schwer gwundert. Weil eigentlich war des ja überhaupt em Karle sei Idee. Von alloi wär i do bestimmt net druffkomme. Dr Karle verstoht halt ebbes von Fraue. Aber dass d' Gerda des mit dere Reis jetzt woiß, des isch wirklich arg schad. I han's ra doch erscht am Sonndag sage welle.«

»Ein nettes Geschenk zur Goldenen Hochzeit, wirklich!«

Was für eine liebevolle Idee, die Bombe ausgerechnet an diesem Tag platzen zu lassen! Herrn Nägele ließ meine Ironie offensichtlich gänzlich unberührt.

»Ja, gell? Wisset Se, mei Frau wünscht sich so a Schiffsreis nämlich scho lang. Mir hen doch damals nach em Krieg koi Geld ghet für a Hochzeitsreis, und na sen nachanander d' Kender komme, und des Häusle und na ja, ehrlich gsagt, mir isch des eigentlich au a bissle z' vornehm uff so ma Luxusdampfer. Des isch net so mei Fall zwische dene ganze feine Pinkel. Aber zur Goldne Hochzeit, da han i ra halt a bsondre Freud mache welle.«

»Ja, ist die Reise denn für Ihre Frau?«

»Ha, für wen denn sonsch? Was hen denn Sie denkt?«

»Für die rothaarige Dame«, gestand ich.

»Für d' Rita? Ha, Sie trauet mr ja no einiges zu in meim Alter«, lachte da Herr Nägele. »I moin, gfalle könnt se mr scho, d' Rita, so isch des net. Also, i moin, wenn i zwanzig Jahr jünger wär. Des isch a saubers Mädle.«

Im schwäbischen Sprachgebrauch bezieht sich sauber und dreckig im Zusammenhang mit einem weiblichen Wesen nicht auf Fragen der Körperpflege, sondern eher des Charakters, wie Du dem Zusammenhang sicher unschwer entnehmen kannst.

Und dann klärte Herr Nägele mich darüber auf, was es mit Rita auf sich hatte. Auf dem Kreuzfahrtschiff würde natürlich auch getanzt werden, nur Herr Nägele konnte nicht tanzen, hatte es nie gelernt und wollte es eigentlich auch gar nicht.

Aber in diesem speziellen Fall und seiner Gerda zuliebe, als zusätzliches Geschenk zur Goldenen Hochzeit sozusagen, wollte er über seinen eigenen Schatten springen.

»Und dr Karle, der kennt d' Rita. Des isch a Freundin von seira Dochter und außerdem isch se Danzlehrerin. Und bei dere han i Danzstunde gnomme, dienschdags und donnerschdags, beim Karle in dr Wohnung. I ka ja schlecht mit dene jonge Leut zsamme in dr Danzschul romhopfe. Ganz billig war's net. Aber mr hat ja schließlich bloß oimal Goldne Hochzeit und 's hat halt a ganz bsondre Überraschung sei solle. Aber da drmit isch's ja jetzt leider Essig.«

Warum eigentlich? Klar, wenn Herr Nägele nichts sagte, dann bedeutete das, dass seine Frau noch drei Tage länger aus ihrem Herzen eine Mördergrube machen müsste. Andererseits – würde die Freude dann am Hochzeitstag nicht besonders groß sein? Wir beschlossen, den Mund zu halten.

Herr Nägele nahm ein Blatt Papier und notierte: *Ochsen und Partyservice anrufen, Kinder informieren, Zeitungsredakteur für nächste Woche bestellen, Freunde einladen.* Dann holte er die Cognacflasche aus dem Schrank.

»Sie trinket doch a Cognäcle? I find, des hen mr uns redlich verdient nach dere Uffregung.«

Da ich wegen Butzele aber zur Zeit keinen Alkohol trinke, stießen wir eben mit selbst eingekochtem Träublessaft, auf gut deutsch Johannisbeersaft, an.

»Also Frau Sander, i muss sage, Sie werdet mr immer sympathischer.«

Für einen Schwaben war das geradezu eine Liebeserklärung. Herr Nägele konnte sich gar nicht genug amüsieren über unsere ungewollt zweideutige Unterhaltung.

»Sie denket, mir lieget beim Karle in de Bette, und i sag, dass a Stund arg lang wär, und dass i mit dere Kondition von dr Rita schier net mithalde ka«, japste Herr Nägele und bekam vor lauter Lachen fast keine Luft mehr. »Oh liebs Herrgöttle von Biberach, i könnt me dodlache.«

Das Lachen verging ihm allerdings recht schnell, denn plötzlich stand Frau Nägele in der Wohnzimmertür, sichtlich pikiert. Wir müssen so laut geredet haben, dass wir gar nicht hörten, wie sie zurückkam. Wie zwei ertappte Sünder verstummten wir und genauso fühlten wir uns auch. Ich überlegte, was Frau Nägele von unserer Unterhaltung wohl mitbekommen hatte.

»Ja, da guck na! Bei Euch goht's ja luschdig zu. Du hasch ja neuerdings an schwera Schlag bei de junge Weiber«, bemerkte sie spitz zu ihrem Mann. »Und Sie«, sagte sie und warf mir dabei einen vernichtenden Blick zu, »Sie sind mr ja an ganz falscher Fuffzger. Also, des hätt i fei net von Ihne denkt, Frau Sander, des net.«

»Ha, hör amol, mr wird do no a Schlückle zsamme drinke dürfe, uff gute Hausgemeinschaft sozusage«, verteidigte uns Herr Nägele.

»Und Ihne han i vertraut!«, empörte sich Frau Nägele. »Pfui Deufel, kann i da bloß sage, pfui Deufel. Des isch ... des isch ... schamlos isch des!«

Die einzige Erklärung, die hier geholfen hätte, wäre die Wahrheit gewesen, aber das war gegen unsere Abmachung. Also konnte nur noch ein formloser, um nicht zu sagen überstürzter Abgang helfen. Ich durfte gar nicht daran denken, was Frau Nägele von mir denken musste!

Offensichtlich Schreckliches, denn in den kommenden Tagen würdigte sie mich keines Blickes, geschweige denn eines Grußes. Ich kam mir richtig gemein vor, wenn ich ihre verweinten Augen sah, tröstete mich aber mit dem Gedanken an ihre Freude am Sonntag.

Und die sprang ihr auch unübersehbar aus allen Knopflöchern, als ich am Sonntagmorgen mit einem großen Blumenstrauß an ihrer Tür klingelte.

»Jesses, Frau Sander, wenn Sie wüsstet, was i in de letschde Dag von Ihne denkt han. Des wär mr fei arg peinlich, wenn Sie des wüsstet. Und von meim Ma erscht, und drbei hat 'r 's doch so gut gmoint. I woiß gar net, ob i me freue oder schäme soll.«

Und dann nahm sie mich überschwenglich in die Arme, wie es sonst gar nicht ihre Art ist.

»Also, nix für ogut, gell. I bin ja so froh, i kann's Ihne gar net sage. Und nachher kommet unsre Kender und d' Enkele und heut abend d' Freund. Sie sen nadürlich au eiglade. Und d' Rita, also d' Rita kommt au. Aber jetzt han i nadürlich gar nix grichtet. I han doch alles abblose ghet.«

»Kein Problem, Frau Nägele, ich helfe Ihnen. Schließlich bin ich ja nicht ganz unschuldig an der Überraschung. Brauchen Sie noch Teller oder Gläser?«

»Noi, noi, des bringet die alles mit vom Partyservice. Net amol spüle braucht mr's, hen se gsagt. Aber des kommt nadürlich gar net in Frag. I geb doch des Sach net dreckig zrück, des wär ja no schöner.«

Sie war wieder ganz die Alte, die Frau Nägele.

»Und am Dienschdagmorge kommt a Dame von dr Zeitung. Des isch nadürlich a bissle ogschickt, weil mondags hat doch dr Friseur zu, da hat mei Ma nadürlich net dra denkt, wo 'r des ausgmacht hat. Männer denket doch net an so ebbes. ›Du siehsch doch immer schee aus, Schätzle‹, hat 'r gsagt, mei Eugen. Aber schließlich isch mr ja net äll Dag in dr Zeitung. Da will mr doch au a bissle nett aussehe. Könntet Sie mr d' Haar vielleicht a bissle narichte? Wisset Se, i han da gar koi Gschick drfür.«

Ich lege Dir den Zeitungsartikel bei. Du musst doch zugeben, dass ich Frau Nägele sehr hübsch frisiert habe.

Tja, liebe Julia, so ist das mit der Liebe, im Ländle und sicher auch anderswo. Da sind auch nach fünfzig Jahren immer noch Überraschungen und ganz besondere Liebeserklärungen drin. Ich finde es sehr tröstlich, dass es so etwas noch gibt, heutzutage, wo jede dritte Ehe in die Brüche geht. Das ist zwar nicht so leidenschaftlich und herzzerreißend wie *Die Brücken am*

Fluss, aber mindestens genauso schön. Und vor allem hat es ein Happy End. Du weißt, ich liebe Happy Ends.

Bevor ich nun anfange, sentimental zu werden und über die Liebe im Allgemeinen und im Besonderen zu philosophieren, will ich lieber Schluss machen. Sonst wird das wieder mal ein Brief ohne Ende.

Es grüßt Dich – schrecklich gerührt,

Deine Katharina

PS: Fast hätte ich's vergessen. Noch eine gute Nachricht aus dem Hause Nägele: Sabine ist endlich schwanger! Da hatten wir werdenden Mütter natürlich gleich jede Menge Gesprächsstoff. Sabine strahlt mit Stefan und Frau Nägele um die Wette. Es ist zwar schon Frau Nägeles fünftes Enkelkind, aber das Kind von ihrem Jüngsten, auf das sie so lange gewartet haben, das ist natürlich etwas ganz Besonderes. Ich freue mich so für sie. Diese wichtige Nachricht konnte ich Dir natürlich nicht vorenthalten.

Guter Rat ist teuer – Schenken auch

Ema gschenkta Gaul
guckt mr net ins Maul.

Liebe Julia,

nachdem wir die Turbulenzen um Nägeles Goldene Hochzeit gut überstanden haben, beschäftigt uns wieder Henrys Hochzeit. Sie stellt uns nämlich vor mehr als nur ein Problem. Die Kleiderfrage haben wir zufriedenstellend gelöst, aber nun stehen wir vor der schwierigen Frage, was wir den beiden schenken sollen.

Dass Schenken eine Kunst ist, ist keine neue Erkenntnis. Am liebsten sind mir Leute, die mir auf die Frage, was sie sich wünschen, eine klare Antwort geben. So wie Martin, als ich ihn nach seinem Geburtstagswunsch fragte. Dieses Jahr bekam ich tatsächlich eine klare, vernünftige Antwort von ihm.

»Ich wünsch mir einen neuen Jogginganzug«, sagte er, »und von meinen Eltern ein Abo fürs Fitnessstudio.«

Ich sah ihn erstaunt an.

»Na ja«, meinte er, »ich finde, es könnte mir nichts schaden, ein bisschen was für meine Figur zu tun.«

Da hat Martin grundsätzlich recht. Neulich standen wir beide zufällig nebeneinander im Profil vor dem Spiegel und stellten dabei fest, dass sich unsere Silhouetten frappierend ähneln. Das einzige Problem dabei ist, dass ich inzwischen in der 19. Woche bin. Ich bin deshalb durchaus bereit, Martin bei seinen guten Vorsätzen zu unterstützen.

Seither klingelt der Wecker morgens bei uns eine halbe Stunde früher. Allerdings nur für Martin. Ich drehe mich noch einmal genüsslich auf die andere Seite, während Martin sich stöhnend aus dem Bett erhebt und eine Runde um den Block joggt. Auf dem Rückweg joggt er beim Bäcker vorbei und bringt eine Tüte frisch duftender Brötchen mit nach Hause.

Er sieht so zufrieden aus, wenn er sich nach dem Duschen über die knusprigen Brötchen hermacht, dass ich es einfach nicht fertigbringe, ihm zu sagen, dass die abtrainierten Kalorien wohl gerade in den genüsslich verschlungenen Laugenweckle und Brezeln wieder auferstehen. Den Weg ins Büro legt Martin seit Neuestem nicht mehr mit dem Auto, sondern mit dem Fahrrad zurück. Und an zwei Abenden in der Woche geht er ins Fitnessstudio.

»Sie«, sagte Frau Knödler neulich zu mir, »Ihr Ma isch ja saumäßig sportlich neuerdings. I will Ihne ja koin Floh ins Ohr setze, aber basset Se no uff, so hat's bei meim Ma au agfange. Wenn Männer plötzlich so figurbewusst werdet, na isch meischdens was im Busch. Also, wenn 'r sich au no neue Klamotte und a neue Frisur zulegt, na soddet Se 'n im Aug bhalte.«

Auch Frau Nägele schien um unser Eheglück besorgt zu sein, denn sie sprach mich auf Martins aushäusiges Verhalten an.

»Ihr Ma goht aber in letschder Zeit oft weg abends«, bemerkte sie neulich scheinheilig, als wir uns beim Bäcker trafen. »Und ganz fertig und müd sieht 'r als aus, wenn 'r wieder hoimkommt.«

Ich musste schmunzeln. »Sie meinen, so wie Ihr Mann, wenn er von der roten Rita kam?«

»Also, Frau Sander, jetzt reibet Se mr des doch net dauernd unter d' Nas. Sie wisset doch, wie peinlich mr des isch. Und überhaupt däd i so ebbes nie von Ihrem Ma denke!«

Ich amüsierte mich natürlich über meine »besorgten« Nachbarinnen. Aber dann kam ein Abend, der mich etwas nachdenklich stimmte.

An diesem Abend habe ich Martin vom Fitnessstudio abgeholt, weil ich gerade in der Nähe zu tun hatte. Es heißt *Fit-*

nessstudio F, was wahrscheinlich von F wie fit kommt. Aber ich finde, es könnte genauso gut von F wie Folterkammer kommen. Denn es ist wirklich erschreckend, was für Folterinstrumente da herumstehen.

Als ich kam, war Martin gerade dabei, sich mit hochrotem Kopf an einem Rudergerät abzuquälen. Ich wollte ihm schon mitleidig zurufen: »Hör auf, ich liebe dich doch auch ein bisschen rund in der Mitte«, als ich sah, dass er mich gar nicht wahrgenommen hatte.

Sein Blick war starr geradeaus gerichtet. Ich folgte ihm und landete bei einem Paar langer, schlanker, straffer, wohlgeformter Beine, die kein Äderchen und kein Anflug von Cellulite verunzierte. Sie gehörten einer bildhübschen Zwanzigjährigen, die diese makellosen Beine locker und ohne jegliche Anstrengung in gleichmäßigem Rhythmus über ein Laufband bewegte und dabei so vergnügt aussah, als säße sie gerade gemütlich bei einem Glas Sekt. Ganz ohne Zweifel ein hübscher Anblick.

Ich sah mich um und stellte fest, dass es hier durchaus auch solche Körper gab, wie ich sie mir in meinem naiven Kopf zu Hause auf dem Sofa vorgestellt hatte: ein wenig aus der Form geraten, an manchen Stellen etwas zu üppig und hier und da ein bisschen schlaff und überholungsbedürftig. Durchaus. Es gab aber auch die anderen, die Venus-und-Adonis-Gleichen, die diese Stätte offensichtlich aufsuchten, um sich ihre beneidenswerte Schönheit zu erhalten.

Diese Tatsache sollte mich aber nicht allzu lange beunruhigen, denn schon wenige Tage später kam Martin humpelnd nach Hause. Er hatte es wohl ein wenig zu wild getrieben und sich eine Zerrung zugezogen. An Jogging und Fitnessstudio ist also in nächster Zeit nicht mehr zu denken. Mir scheint, dass Martin nicht allzu unglücklich darüber ist. Der Mensch ist schließlich von Natur aus träge. Du weißt doch: Der Geist ist willig, aber das Fleisch ist schwach.

Vorgestern habe ich ihn dabei erwischt, wie er fröhlich pfeifend die Treppe hinunterhüpfte und erst wieder in seinen

Humpelschritt verfiel, als unten Nägeles Wohnungstür aufging. Ich habe nichts dagegen, dass Martin seine Abende jetzt wieder zu Hause bei mir verbringt. Das Einzige, was ich vermisse, sind die frischen Brötchen zum Frühstück. Wir kauen wieder lustlos an unserem trockenen Vollkornbrot vom Vortag und trösten uns mit der Vorstellung, dass es wesentlich gesünder und kalorienärmer ist, als sich von Croissants und frischen Brötchen zu ernähren.

Aber ich komme mal wieder vom Thema ab. Denn eigentlich ist es ja das Hochzeitsgeschenk für Henry und Biggy, das mich zur Zeit beschäftigt. Die Zeiten, in denen man sich freute, wenn eine Hochzeit im Februar oder August stattfand, weil man dann im Ausverkauf eine günstige Salatschüssel oder ein paar heruntergesetzte Handtücher erstehen konnte, sind leider vorbei. Heute heiraten in der Regel Leute, die schon mehrere Jahre zusammenwohnen.

Du kannst das schon an den Heiratsanzeigen erkennen. Wenn zwei Adressen angegeben sind, was nur noch ausgesprochen selten vorkommt, ist Misstrauen geboten. Heiraten da etwa zwei, die schon vor der Eheschließung getrennt leben?

Überhaupt sind Heiratsanzeigen genau wie Geburtsanzeigen eine amüsante Lektüre. Originalität um jeden Preis ist angesagt.

Wir trauen uns ist da noch eine recht langweilige Variante; *Am 15. April legalisieren wir unser gschlampertes Verhältnis* gefällt mir schon besser.

Es ist fast schon so schlimm wie bei den Anrufbeantwortern. Was Dir die Leute da an originellen Sprüchen um die Ohren hauen, ist hörenswert, trotzdem weigere ich mich, mir von diesem Gerät vorschreiben zu lassen, dass ich nach dem Pfeifton zu sprechen und mein Anliegen in zwanzig Sekunden vorzubringen zu habe. Das löst bei mir unweigerlich Sprachstörungen aus.

Überhaupt macht mir das Telefonieren gar keinen rechten Spaß mehr. Nina hat seit Neuestem ein Telefon mit Freisprecheinrichtung. Als sie mich das erste Mal damit anrief, habe ich sie entsetzt gefragt, von wo aus sie mich denn anrufe. Inzwischen habe ich mich daran gewöhnt, dass jedes Telefongespräch so klingt, als würde es in der Bahnhofshalle geführt. Woran ich mich noch nicht gewöhnt habe ist, dass Nina jetzt nebenher frühstückt, die Blumen gießt, die Fenster putzt oder kocht. Ganz abgesehen davon, dass sie schrecklich schreit, um die Distanz zum Apparat zu überbrücken, ist sie einfach nicht mehr richtig bei der Sache. Ich erwarte, dass mein Gesprächspartner mir sein ganzes Ohr und seine ungeteilte Aufmerksamkeit schenkt, wenn ich mit ihm telefoniere, das ist doch nicht zu viel verlangt, oder?

Apropos Ohr leihen: Ich tue das in letzter Zeit ganz unfreiwillig, und zwar Daniela Falkenstein. Sie ist die siebzehnjährige Tochter von Falkensteins und pflegt im Sommer mit Vorliebe im Garten zu telefonieren. Mit einem Handy ist das heute ja kein Problem mehr. Wahrscheinlich macht sie das, damit ihre im Haus beschäftigte Mutter nicht mithören kann. Eine gute Schwäbin begibt sich unter der Woche höchstens zum Unkrautjäten oder Obsternten in den Garten. Was sollen denn die Leute denken, wenn sie am hellen Nachmittag faul im Liegestuhl liegt? Daniela scheint allerdings ganz zu vergessen, dass wir auf unserem Balkon jedes Wort verstehen können. Manchmal nerven ihre stundenlangen Telefongespräche mit Freund oder Freundin ganz schön. Ihre Schulgeschichten interessieren mich herzlich wenig. Aber wenn es um Falkensteins Familienleben geht, dann bin ich ganz Ohr. Ich nehme an, Falkensteins wären sehr erstaunt, was wir auf diese Art alles mitbekommen.

Weißt Du übrigens, dass das Wort Handy schwäbischen Ursprungs ist? Es ist die Abkürzung von »Hen die koi Schnur?«. Stammt leider nicht von mir, sondern stand neulich in der Zeitung.

Doch zurück zu den Anzeigen. Neben dem Hang zur Originalität zeigen sie den Trend unserer Zeit, intimste Dinge in die Öffentlichkeit zu tragen. Dass Schmusebär vor 333 Tagen bei Schneckles Anblick der Blitz getroffen hat, das interessiert außer Schmusebär und Schneckle eigentlich niemand. Deshalb könnte Schmusebär das seinem Schneckle doch viel billiger und intimer ins Ohr flüstern. Also mir ist eine Liebeserklärung mit blauer Tinte auf schlichtem weißem Papier allemal lieber als die mit Druckerschwärze in der Zeitung oder mit roter Farbe auf dem Brückenpfeiler. Aber ich war schon immer etwas altmodisch.

Da die Paare heute in der Regel schon Jahre vor der Eheschließung zusammenleben, verfügen sie bereits über einen kompletten Hausstand, aus zwei zusammengelegten Haushalten oft sogar in doppelter Ausführung. Also wünschen sie sich nicht irgendwas, sondern das ganz Besondere: geschliffene Kristallgläser und ein teures Geschirr. Und damit das Brautpaar am Ende nicht drei Zuckerdosen, aber keine Suppenschüssel besitzt, nennt es dezent ein bestimmtes Haushaltwarengeschäft, bei dem die Geschenke zu ordern sind und wo sie nach dem Kauf gleich von der Wunschliste gestrichen oder vom Geschenktisch genommen werden.

Zu meiner Zeit hatte man dazu kleine Ringbücher, die man Verwandten und Freunden auf Wunsch verschämt vorlegte. Mit der Zeit wurde das Büchlein immer dünner und die Auswahl immer kleiner. Am Schluss waren nur noch die ganz billigen Geschenke drin, die sich keiner herauszureißen getraute, und die ganz teuren, die keiner haben wollte. Viel anders verhält es sich mit der neuen Methode auch nicht. Erfahrene Hochzeitsschenker wissen deshalb, dass es sich empfiehlt, sofort nach Erhalt der Anzeige loszueilen. Das einigermaßen günstige Milchkännchen ist nämlich gleich weg, und wer zu spät kommt, hat nur noch die Auswahl zwischen der teuren Bratenplatte und der noch teureren Kaffeekanne.

Oder er begibt sich ins ebenfalls angegebene Wäschegeschäft. Auch da sind die günstigen Gästehandtücher längst vergriffen und es bleibt die Auswahl zwischen der Damasttischdecke für den großen Auszugstisch und der Satin-Bettwäsche mit farblich dazu passenden Leintüchern.

Ist auch das teure Geschirr schon vorhanden, so wünscht sich das Paar manchmal Geldgeschenke, um die geplante Karibik-Reise oder die Eigentumswohnung zu finanzieren, doch das lehne ich schlichtweg ab. Dann halte ich es lieber mit Tante Erika und schenke eine Bodenvase, die im Keller deponiert und herausgeholt wird, wenn ich zu Besuch komme. Da kann ich mich dann jedesmal über mein schönes Geschenk freuen.

Jetzt habe ich seitenweise mehr oder weniger Sinnvolles über das Schenken von mir gegeben, über Gott und die Welt gemotzt und mich als schrecklich altmodische Person entlarvt, aber was wir Henry zur Hochzeit schenken sollen, das weiß ich immer noch nicht. Ich dachte an einen Wok und ein Kochbuch mit asiatischen Rezepten, aber Martin meint, das hätte Henry sicher schon.

Wenn Du eine Idee hast, dann lass es mich bitte wissen, aber möglichst bald. Es eilt!

Deine Katharina

Die Waldhochzeit

Worom soll mr denn a wüaschts Weib heirate?
A schöns frisst au net meh.

Liebe Julia,

vielen Dank für Deinen Tipp. Henry und Biggy haben sich über die Karten für *Miss Saigon* sehr gefreut. Sie werden den Musical-Besuch mit einer Übernachtung bei uns verbinden. Und diesmal freue ich mich sehr auf ihren Besuch – ehrlich. Aber immer der Reihe nach.

Letzten Samstag war es endlich so weit. Seit Felix sprechen kann, messe ich Entfernungen nicht mehr in Kilometern und Stunden, sondern in »Wann-sind-wir-denn-endlich-da«-Fragen. Von unserer Haustür bis zum Hotel in München waren es genau siebenundachtzig. Die »Dauert-es-noch-lange«-Fragen habe ich ebenso wenig mitgezählt wie die »Ich-muss-mal«-, »Ich-hab-Durst«- und »Mir-ist-so-langweilig«-Ankündigungen.

Nachdem wir uns umgezogen hatten, fuhren wir zu Henrys Wohnung. Ich war das erste Mal da. Ein bisschen kühl für meinen Geschmack, aber ausgesprochen schick. Eine Maisonette-Wohnung, alles in Weiß, Glas und Chrom. Ein echter Traum. Mit Felix wäre es wohl eher ein Alptraum. Ich kann es mir schon lebhaft vorstellen: Schokoladenfinger auf der weißen Ledercouch, klebrige Fingerabdrücke auf den vorhanglosen Glasfronten, Kekskrümel auf dem auberginefarbenen Teppichboden. Ich hatte alle Hände voll zu tun, um Felix die halbe Stunde bis zur Abfahrt im Zaum zu halten. Ich kann nur hoffen, dass kein Kind der Anlass für diese rasche Heirat war. Sonst haben die beiden nur eine Möglichkeit, wenn sie nicht verrückt werden wollen: möglichst schnell umziehen.

Biggy sah jedenfalls nicht schwanger aus. Ihr Brautkleid aus rotem Organza war tief ausgeschnitten, in der Taille sehr schmal, mit einem sehr weit gebauschten, wadenlangen Rock. Ein bezaubernder Anblick, wie eine duftige Mohnblüte.

Henry trug einen weißen Seidenoverall mit einem zum Brautkleid passenden roten Organzaschal. Rein optisch betrachtet hätte man uns eher für Verwandte als für Freunde halten können. Denn die Kleiderordnung zerfiel wie die Hochzeitsgesellschaft in zwei Teile: konservativ gekleidete Verwandte und flippige Freunde, wobei die Toleranz auf beiden Seiten groß war.

Nach einem Glas Sekt stiegen alle in die Autos und der Korso setzte sich in Bewegung. Wir verließen München und erreichten nach einer halben Stunde einen Waldparkplatz.

»Wahrscheinlich eine romantische, kleine Kapelle«, vermutete ich, als wir von dort aus losmarschierten, vornweg das Brautpaar, dahinter die Hochzeitsgesellschaft.

Die etwas gehbehinderte Oma wurde rechts und links untergehakt und von zwei ihrer Enkel in die Mitte genommen, ein dritter trug einen Klappstuhl. Auch ich bedurfte dringend eines stützenden Arms, denn der Weg wurde zusehends schlechter, führte inzwischen durchs Unterholz, und mit meinen Pumps war ich denkbar schlecht gerüstet. Die gute Frau Knödler hatte es natürlich wieder einmal besser gewusst. Die flachen Schuhe zum Wechseln waren im Hotel. Aber wer konnte so etwas auch ahnen. Ich beäugte das Schuhwerk der anderen Damen und stellte neidvoll fest, dass es mir ging wie der betrogenen Ehefrau: Außer mir hatten offensichtlich alle Bescheid gewusst. Nachdem auch mein rechtes Bein eine lange Laufmasche zierte, schlug ich mich in die Büsche und zog die sündhaft teuren Strümpfe und die Schuhe aus. So ging es besser, obwohl ich seit dreißig Jahren nicht mehr barfuß durch den Wald gelaufen bin und meine Fußsohlen seither wohl etwas empfindlicher geworden sind.

Ich glaube, wir waren alle erleichtert, als wir endlich am Zielort ankamen. Keine Kapelle, sondern eine Waldlichtung, die Waldwiese, auf der bei einem kleinen Tisch ein sehr junger Pfarrer auf uns wartete, der aussah wie ein verkleideter Pfadfinder.

Henry und Biggy stellten sich vor dem »Altar« auf, die Hochzeitsgesellschaft im Halbkreis dahinter. Nur die Oma durfte sitzen. Zuerst sprach der Pfarrer ein paar Worte, ein wenig ungeübt, aber sehr gut gemeint. Dann lasen Henry und Biggy Stellen aus alten und neueren Liebesbriefen vor, von Liebe und Glück, aber auch von Zweifeln und Eifersucht. Ich glaube, ich war nicht die Einzige, der diese Intimitäten etwas peinlich waren.

Woher nehmen die Leute nur das Selbstbewusstsein anzunehmen, dass alle Welt an ihrer seelischen Nabelschau interessiert ist? Wozu du früher dein Ohr an die Wand zur Nachbarwohnung legen musstest, das bekommst du heute auf Knopfdruck via Fernsehen live ins Wohnzimmer geliefert. Während du entspannt deine Salzstangen knabberst, wird vor laufender Kamera geheiratet, gestritten, geweint und versöhnt.

Doch zurück zur Hochzeit. Nach jeder verlesenen Textstelle mussten wir uns an den Händen fassen und im Chor sagen: »Wir glauben an die Kraft der Liebe!«

Zuerst klang unser Chor ein wenig kläglich, aber mit jedem Mal wurden wir besser, und wir hatten reichlich Gelegenheit, unser Sprüchlein zu üben. Obwohl Felix in solchen Auftritten durch den Kindergarten viel geübter sein sollte als wir, war er nicht recht bei der Sache. Er beobachtete fasziniert die Oma, die inzwischen eingenickt war und auf ihrem Klappstuhl bedenklich hin und her schwankte, denn der Waldboden bot keinen besonders sicheren Untergrund.

»Glaubst du, dass sie umfällt?«, flüsterte er mir hoffnungsvoll zu.

»Ob's mir gefällt?«, brüllte der rechts neben ihm stehende schwerhörige Opa vergnügt in die Runde. »Naja, ist mal was anderes.«

Nach dem Verlesen der Liebesbriefe folgte die eigentliche Trauungszeremonie und der Ringwechsel. Anschließend sollte jeder Gast dem Brautpaar etwas wünschen. Das ist schon bei Dornröschen nicht gutgegangen. Außerdem hasse ich solche Spontanaktionen. Während ich sonst selten auf den Mund gefallen bin, versiegen meine kreativen Gedanken sofort, sobald mir jemand ein Gästebuch unter die Nase hält. Dann stellt sich bei mir die berühmte Schreibblockade ein, die Angst des Autors vor dem leeren Blatt, weshalb ich mich grundsätzlich erst dann vor ein leeres Blatt setze, wenn ich einen Gedanken im Kopf habe. Aber dazu lässt man mir in diesem Fall ja keine Zeit. Noch Jahre später ärgere ich mich, wenn ich das Buch aufschlage und mich mein banaler Spontanspruch zwischen all den gelungenen, humorvollen Geistesblitzen anderer Leute schadenfroh angrinst. Ich bin für ein generelles Verbot von Gästebüchern. Zum Glück sind sie inzwischen etwas aus der Mode gekommen. Ausnahmsweise plädiere ich in diesem Fall einmal nicht für den Erhalt von Althergebrachtem.

Und jetzt das! Man hätte uns doch freundlicherweise vorwarnen können. Dann hätte ich mir zu Hause in aller Ruhe etwas Geistreiches einfallen lassen können. Die Ersten hatten es noch einfach. Die wünschten das Übliche: Gesundheit, Glück, Erfolg, ein langes gemeinsames Leben und natürlich viele Kinder, was vielleicht nicht unbedingt im Sinn des frischgebackenen Ehepaars war. Aber das hatten sie nun von ihrer dummen Idee.

Martin wünschte Geduld und Nachsicht miteinander, ein frommer Wunsch, aus dem die Erfahrung des langjährigen Ehemanns spricht.

Felix ist noch in dem Alter, in dem man sich gar nicht vorstellen kann, dass andere Leute andere Wünsche haben könnten als man selbst. Er hat auch wirklich viel Freude gehabt an dem Gucki für dreidimensionale Märchenbilder, den er mir zum letzten Geburtstag geschenkt hat. Felix' Wunsch an das

Brautpaar – »ein kleiner Hund« – verlieh der Feier jedenfalls eine heitere Note.

Ich überlegte, ob ich es wie die gute Fee in Dornröschen machen und den kleinen Hund in ein kleines Kind umwünschen sollte. Aber den Kinderwunsch hatte die Oma ja schon reichlich ausgesprochen. Und wenn mein Zauber nicht richtig funktionierte, kam das arme Kind vielleicht mit Schlappohren oder einer feuchten, schwarzen Nase zur Welt. Ich wünschte den beiden, daran zu denken, dass der Klügere nachgibt. Eigentlich ein blöder Wunsch, findest Du nicht? Weißt Du, was Marie von Ebner-Eschenbach dazu gesagt hat? *Eine traurige Wahrheit: Sie begründet die Weltherrschaft der Dummen.* Da ist doch echt was dran.

Meine Vermutung, man würde nun gemeinsam das Lied *Wer uns getraut? Der Dompfaff, der Dompfaff* aus dem Zigeunerbaron singen, erwies sich als falsch. Stattdessen trat ein junges, zartes Mädchen nach vorne und spielte auf ihrer Geige das *Ave Maria*. Ich wusste, dass das nicht gutgehen konnte. Es sind nicht nur Filme, die mich zu Tränen rühren. Kein Heiligabend, an dem ich nicht feuchte Augen bekomme, wenn in der dunklen Kirche das *Stille Nacht* gesungen wird und große Kinderaugen über flackernden Kerzen leuchten. Verstohlen zückte ich mein Taschentuch und wischte mir über die Augen, wohl wissend, dass Wimperntusche vielleicht wasser-, aber nicht tränen- und wischfest ist.

Felix machte dem schwerhörigen Opa alle Ehre, als er lautstark in die Runde trompetete: »Mama, warum weinst du denn?«

Die übliche dumme Ausrede mit dem Staubkorn im Auge konnte ich mir angesichts der amüsierten Blicke rundum diesmal schenken. Liebe Julia, schaff Dir ein Kind an, und es bleibt Dir fortan keine Peinlichkeit erspart!

Nach dem Geigensolo schlugen wir uns noch einmal durchs Unterholz zu einer anderen Lichtung, in der die

Waldgeister vom Partyservice eine herrliche Tafel mit weißen Tischtüchern, bunten Wiesenblumen und allen Köstlichkeiten des Waldes, vom Wachtelei über den Rehrücken bis zu den Heidelbeeren, gedeckt hatten.

Davon abgesehen, dass ich meine teuren Strümpfe ruiniert habe und Felix beim Indianerspielen im Wald seine neue Hose, war es eine wunderschöne Hochzeit.

Ich überlege, ob ich Rüdiger und Sabrina nicht auch auf so einer Waldwiese heiraten lassen sollte. Das ist doch ungeheuer romantisch, findest Du nicht? Die gehbehinderte Oma und den schwerhörigen Opa lasse ich natürlich weg. Am besten gleich die ganze Hochzeitsgesellschaft. Lieber so eine Trauung à la Dompfaff. Nur mit dem Zwischenstück von meinem Roman will es nicht so recht klappen. Ich hänge noch immer an der Stelle, als die beiden sich näherkommen. Du weißt, als Felix mir mit dem Bettsoicher dazwischenkam. Vielleicht lasse ich die Mitte zunächst einmal aus und mache stattdessen mit dem Schluss weiter. Vielleicht lass ich's auch ganz bleiben und schreibe lieber Briefe an Dich.

Sollte mir zu meinem Roman doch noch etwas einfallen, lasse ich's Dich wissen,

Deine Katharina

Es herbstelet

Wer bei so ma Wetter net krank wird,
isch net gsond.

Liebe Julia,

es geht mit Riesenschritten auf Weihnachten zu. Bitte lach nicht, ich weiß, dass wir erst September haben, aber gestern habe ich bei Coop die ersten Schokoladennikoläuse und Lebkuchen gesichtet.

Jedes Jahr stehen sie früher in den Regalen. Das einzig Tröstliche ist, dass sie irgendwann wieder im Dezember dort auftauchen werden. Wenn sie jedes Jahr einen Monat früher kommen, dann müsste es in etwa neun Jahren so weit sein. Schade, bis dahin ist Felix schon ziemlich groß. Seinetwegen ärgert mich das nämlich am meisten.

Schnellebigkeit ist eine Sache. Aber Du musst zugeben, dass wir uns langsam selber überholen. Davon, dass uns der Versandhauskatalog mit der neuen Herbst-Winter-Mode dieses Jahr schon im Juni ins Haus geflattert ist, will ich gar nicht reden. Aber heute habe ich gesehen, dass in den Geschäften schon die Winterkostüme hängen. Und anscheinend gibt es tatsächlich Leute, die sie jetzt schon kaufen. Mir bricht allein bei dem Gedanken, ein solches Ding jetzt anzuziehen, der Schweiß aus.

Allerdings finde ich es fast noch schlimmer, im Februar ein Sommerkleid zu probieren. Die Beleuchtung in den Umkleidekabinen lässt mein Selbstbewusstsein schmelzen wie die Butter in der Sonne, sogar wenn ich sonnengebräunt meine Hüllen fallenlasse. Aber wenn ich meinen winterblassen, weihnachtsschlaffen Körper diesem gnadenlosen Licht aussetzen muss, vergeht mir schlichtweg die Lust, mir etwas Luftiges zu kaufen, das all diese Schwächen ganz uncharmant ans Licht bringt.

Wahrscheinlich werden die Sommerkleider im Februar von Leuten gekauft, die ihren Astralleib den ganzen Winter über auf der Sonnenbank und im Fitnessstudio gestählt haben. Das Schlimme ist nur, dass diese Leute mir die ganzen hübschen Sommersachen wegkaufen. Bis ich im Juni meine Wünsche äußere, empfängt mich eine verständnislose Verkäuferin mit den Worten: »Ha, da sind Se z' spät dra. Im Februar hen mr ganz goldige Strandkleider daghet. Aber die waret glei weg.«

Ich sage Dir, Julia, wir leben in einer total verrückten Welt, wobei Du das »verrückt« ruhig wörtlich nehmen darfst.

Mit dem Anziehen ist es im Moment überhaupt ein Problem. Da hilft nur die Zwiebelmethode: eine Schicht über die andere, damit man sich tagsüber beliebig den Temperaturen zwischen zehn Grad am Morgen und fünfundzwanzig Grad am Nachmittag anpassen kann. Es ist die Jahreszeit, in der alles zum falschen Zeitpunkt geschieht. Die Uhr wird zu früh um- und die Heizung zu spät angestellt. Leider bin ich mit einem Mann verheiratet, der nie friert. Er schaut mich verständnislos an, wenn ich mich abends auf der Couch in eine Decke wickle, und fragt ungläubig: »Frierst du etwa?«

Genauso verständnislos schaut er mich an, wenn ich im Sommer bei dreißig Grad genüsslich mit einem Buch im Garten liege, während er sich gerade überlegt, ob er seinen Liegestuhl im Keller aufstellen soll. Da frage ich dann: »Schwitzt du etwa?«

Auch Frau Knödler hat Probleme mit dem Wetter und der Kleidung. Petra ist vorletzte Woche mit der Klasse nach Frankreich gefahren.

»I woiß gar net, was i ra eipacke soll«, hatte Frau Knödler gestöhnt. »Aber so bled wie's erschde Mal, wo se ins Schullandheim gfahre isch, bin i gwieß nemme. Bei dr gröschde Affehitz bin i dagstande und han Namensschildle in ihre Sache neibügelt. Und na isch se nach zehn Dag hoimkomme mit em gleiche

T-Shirt und dr gleiche Hos, mit der se weggfahre isch. Alles andre hat se gwasche und bügelt wieder mit hoimbracht. Und drbei hen mr andre Müdder gsagt, i soll no froh sei, se hätt doch wenigschdens d' Socke und d' Underwäsch gwechselt.«

Noch ein Vorteil, wenn man Kinder hat, liebe Julia: Sie erziehen uns zur Bescheidenheit. Es ist ohnehin sehr empfehlenswert, sich ab und zu mit anderen Müttern zu unterhalten. Da stelle ich dann plötzlich fest, dass es sich bei bestimmten Verhaltensweisen von Felix weder um einen angeborenen Defekt noch um die Folgen einer fehlgeschlagenen Erziehung handelt, sondern um ganz normale Entwicklungsphasen. Das ist auch insofern beruhigend, als Phasen die Angewohnheit haben, vorüberzugehen. Allerdings muss man sich darüber im Klaren sein, dass überstandene Phasen in der Regel sehr schnell von neuen abgelöst werden. Man sollte die Zwischenräume also tunlichst genießen, denn bei mehreren Kindern sind die Verschnaufpausen kurz. Den Trost einer anderen Mutter: »Reget Se sich net uff, des isch bloß a Phase, des goht vorbei«, quittierte Frau Knödler mit dem Stoßseufzer, ein Kind könne doch nicht nur aus Phasen bestehen. Tatsächlich ist es aber so.

Insofern kann es sowohl sehr hilfreich als auch erschreckend sein, sich ab und zu mit Müttern zu unterhalten, die schon ältere Kinder haben. Vieles von dem, was sie erzählen, kann ich allerdings nicht glauben. Zum Beispiel, dass Kinder, angeblich auch Jungen, in ein Alter kommen, in dem sie nicht mehr unter Androhung schlimmster Strafen ins Bad geschickt werden müssen, aus dem sie zwei Minuten später völlig unverändert wieder auftauchen, sondern dass sie sich freiwillig dorthin begeben und nach Stunden unter schlimmsten Drohungen wieder von dort entfernt werden müssen.

Vor allem morgens müssen sich in manchen Familien die reinsten Dramen beim Kampf um das Badezimmer abspielen. Frau Falkenstein hat mir erzählt, dass an ihrer Badezimmertür schon seit zwei Jahren ein Fahrplan hängt, der genau regelt, welches Familienmitglied das Bad in welcher Zeit benutzen darf. Seit auch ihr Timo sich täglich ausgedehnt seiner Körperpflege hingibt, schien ihr dies die einzige Lösung zu sein. Timo trägt eine Haarpracht, die üppiger ist als die seiner Mutter, und diese Mähne verlangt natürlich eine zeitaufwendige Pflege. Familienmitglieder, die die ihnen zugeteilte Zeit um mehr als fünf Minuten überschreiten, müssen an diesem Tag den Abwasch übernehmen.

»Sie, i sag Ihne, des zieht. In dr erschde Zeit han i überhaupt nemme spüle müsse, weil i in aller Gmütsruh ins Bad gang, wenn alle aus em Haus sen. Mir kann also nix bassiere. Aber inzwische basset se alle uff – leider. Na, wenigschdens hat die Streiterei jetzt a End.«

Glücklicherweise gibt es immer mehr Architekten, die offensichtlich in Hausgemeinschaft mit mindestens einem Teenager leben. Ich schließe das daraus, dass Wohnungen, in denen sich wenigstens ein zusätzliches Klo und im Badezimmer zwei Waschbecken befinden, im Zunehmen begriffen sind.

Eine Woche war Petra schon weg und Frau Knödler hatte immer noch nichts von ihr gehört. Mich hätte das in höchstem Maße beunruhigt.

»Des hat's mi früher au. Wo d' Petra 's erschde Mal ins Schullandheim gfahre isch, hat se abends agrufe. Dass se net gheult hat, war grad alles. 's Hoimweh isch regelrecht aus em Hörer tropft. I han nachts schier net schlafe könne.«

Zwei Tage später war eine Postkarte angekommen, der reinste Katastrophenbericht. Und dann kein Lebenszeichen mehr. Frau Knödler hatte beschlossen, sich abzulenken, einen Einkaufsbummel zu machen oder eine Freundin zu besuchen.

»Aber wenn i weg war, war i immer oruhig, weil i denkt han: Bestimmt ruft se grad jetzt a und du Rabemudder bisch net drhoim und kasch se net tröschte.«

Auch das Großreinemachen nützte nichts, denn das beschäftigte nur die Hände. Da konnte sich Frau Knödler nebenher jedes nur mögliche Unglück ausmalen.

»Erscht wo i mr dr Petra ihr Zimmer vorgnomme han, isch mr's besser gange. Da han i so a Wut kriegt ob dere Schlamperei, dass i denkt han: 's dud ra grad gut, wenn se mal a bissle Hoimweh hat! Nach zehn Dag isch se na hoimkomme – hell begeischdert, ganz toll wär's gwese nach de erschde zwoi Dag. Sie wär am liebschde no a Woch bliebe. Und i Dackel han mr de Kopf zerbroche. Seither denk i, 's goht ra gut, wenn i nix hör.«

Am Montag standen wir gerade vor dem Haus, als Herr Dieterle mit der Post kam.

»A Kart von dr Petra!«, rief er schon von Weitem.

»Na endlich«, seufzte Frau Knödler. »Was schreibt se denn?«

Du siehst, wir gehen ganz selbstverständlich mit der Tatsache um, dass Herr Dieterle unsere Post liest.

»Net viel. Bloß ›Hallo, Ma! Viele Grüße aus Paris – Deine Petra.‹«

»Ha, des isch doch 's Letschde. Se hätt ja wenigschdens schreibe könne, ob's ra gfällt und wie's ra goht. Jetzt woiß i wieder nix«, schimpfte Frau Knödler. »Nächschdes Mal kriegt se a vorgschriebene Kart mit, wo se bloß no akreuze muss: Wetter gut/schlecht. Essen gut/schlecht. Stimmung gut/schlecht.«

»Jetzt freuet Se sich doch«, beruhigte sie Herr Dieterle. »Jetzt wisset Se doch wenigschdens, dass se vor drei Dag no glebt hat. Oder wann isch die Kart abgstempelt? Am Fuffzehnte. Also, sehet Se.«

»Naja, am Donnerschdag kommt se ja wieder. I freu me scho«, sagte Frau Knödler. »'s isch scho komisch. Die erschde drei Dag genieß i's immer, wenn se fort isch. I ka ogstört mei Radioprogramm höre und telefoniere, ohne dass i stundelang uff a freie Leitung warte muss. Aber scho am vierte Dag vermiss i des, dass koi leergessener Joghurtbecher mit eidrocknete Rescht uff em Couchdisch romstoht und dass net a paar junge Leut uff meim Sofa romlümmlet und meine Keksvorrät wegesset. ’s isch alles so troschtlos ordentlich und still. Mir Müdder sen scho komisch. Dauernd schimpfet mr über unsre Jonge und wenn se mal net da sen, na fehlet se uns.«

Seit gestern ist Petra wieder da – in Tränen aufgelöst. Sie hat sich unsterblich in einen jungen Franzosen verliebt, Pierre. Kaum war sie zu Hause, da saß sie schon am Schreibtisch und schrieb ihm einen seitenlangen Liebesbrief.

»Könnet Se sich des vorstelle, mei schreibfaule Petra. Zehnmal muss i als sage: ›Hasch dich jetzt endlich bei dr Oma für dei Geburtsdagsgeld bedankt?‹ Und jetzt? Seitelang und uff Französisch! Naja, uff die Art lernt se wenigschdens die Sproch, hoffe mr’s. Und ’s Spare au. Sie will en in de Osterferie bsuche und so a Fahrkart isch ja net grad billig.«

Auf meine Frage, ob sie denn keine Angst habe, Petra so ganz allein nach Paris fahren zu lassen, lachte Frau Knödler nur.

»Die isch no net da. Bis Ostern isch’s no lang. Bis da no brennt vielleicht scho a ganz anders Feuer, bei ihm oder bei ihr oder bei alle boide. Da isch mr’s net angscht. Aber so lang lernt se Französisch und des freiwillig. Bloß uff mei Telefon muss i in nächschder Zeit a Aug han. Nach Paris, des isch net billig. Und wenn die Telefongspräch so lang werdet wie die Brief, na gut Nacht am zehne!«

Ach Julia, warum ist das Leben für Frau Knödler nur so einfach?

Übrigens, Herr Dieterle hat sich über den Gruß auf Deiner letzten Karte sehr gefreut. Er lässt Dich wiedergrüßen. Du sollst mich bald einmal besuchen, er möchte Dich gern persönlich kennenlernen. Kann Dich das nicht reizen? Ich würde mich auch freuen, wenn Du endlich mal kämst!

Deine Katharina

Kultur pur – oder: Mehr als trockene Worte

Wer Bildongs- und Zahlucka hot,
muaß d' Gosch zu lasse.

Liebe Julia,

gestern war ich mit Frau Knödler bei einer Lesung von Berta Büchle. Du kennst Berta Büchle nicht? Ich bis gestern auch nicht. Berta Büchle ist das, was »richtige Autoren« etwas herablassend eine »schreibende Hausfrau« nennen, also so etwas wie ich. Weshalb mir Berta Büchle auch sofort sympathisch war, noch bevor ich sie kennenlernte.

Berta Büchle war von der hiesigen Stadtbibliothek eingeladen worden, weil sie ein Buch geschrieben hat, das *Bei uns im Städtle* heißt, und weil sie eine Tochter eben dieses Städtles ist.

Frau Knöpfle, die Leiterin der Stadtbücherei, lässt bei Frau Knödler manchmal etwas ändern und hat sie gefragt, ob sie nicht Lust hätte zu kommen, es gäbe auch »Brezla und a Gläsle Wein«. Das ist sehr wichtig, denn ohne kulinarischen Lockvogel kannst Du heute keinen Leser mehr von seinem Fernseher weglocken, wo er vom Literarischen Quartett viel prominenter, amüsanter und wortgewandter unterhalten wird, als das von Frau Büchle zu erwarten ist. Die bestbesuchten Lesungen der Stadt finden deshalb beim Weinhändler statt, der neben literarisch leicht verdaulicher Kost ausgefallene kulinarische Häppchen bietet, weshalb in diesen Lesungen die Herren der Schöpfung – entgegen ihrer sonstigen Gewohnheit – fast fünfzig Prozent der Zuhörer stellen.

Als wir kurz vor acht in der Bücherei eintrafen, empfingen uns dreiundzwanzig leere Stühle, der Leiter der Volkshochschule in Anzug und Krawatte nebst ebenfalls sehr hübsch zurechtgemachter Gattin, vier Damen zwischen dreißig und siebzig im schlichten Pagenkopf-Look, ein wohl eher weniger freiwillig mitgekommener, schon vor Beginn der Veranstaltung sehr gelangweilt aussehender Ehemann sowie eine völlig aufgelöste Frau Knöpfle.

»Wenn net bald no a paar Leut kommet, na werd i verrückt. So a Blamasch. Des isch ja saumäßig peinlich!«

»Vielleicht hättet Se a bissle meh Werbung für die Sach mache solle«, brummte »Herr Volkshochschule« etwas verstimmt. »A größre Azeig oder a Plakat. D' Uhrzeit hat in dere Akündigung übrigens au gfehlt.«

»Des war an Fehler von dr Zeitung«, beeilte sich Frau Knöpfle zu versichern. »Und im Übrige hoißt's doch dauernd, mr soll Geld spare. Und i han doch denkt, d' Frau Büchle kennt eh jeder, wo se doch von da isch, da dud's au a kloine Azeig.«

»Ha, wenn se sowieso jeder kennt«, bemerkte jetzt der zweite Mann in der Runde, »warum sollet d' Leut na überhaupt komme?«

Die Aussicht, die Veranstaltung könne wegen mangelnder Besucherzahl ausfallen, schien ihn zum Leben zu erwecken.

Die Autorin erschien pünktlich um acht und setzte sich, nachdem sie sich versichert hatte, dass sie sich nicht in der Tür geirrt hatte, von Frau Knöpfle aufgeregt umflattert, auf den für sie bereitgestellten Stuhl.

Da sich auch zehn endlos lange Minuten später keine weiteren Zuhörer eingefunden hatten, begann sie zu lesen. Frau Knöpfle hatte angesichts der wenigen Besucher offensichtlich beschlossen, auf eine Ansprache zu verzichten. Wahrscheinlich passte auch ihr vorbereiteter Text nicht mehr auf die veränderte Situation oder es hatte ihr schlicht und einfach die Sprache verschlagen.

Man muss Berta Büchle zugute halten, dass sie uns unsere handverlesene Anwesenheit nicht büßen ließ, was ja auch nur recht und billig ist, denn wir konnten schließlich nichts dafür, dass außer uns niemand gekommen war. Frau Büchle gab wie gesagt ihr Bestes. Trotzdem schien sich der schräg vor uns sitzende mitgeschleppte Ehemann ein wenig zu langweilen. Er kämpfte unübersehbar mit dem Schlaf. Immer wieder fielen ihm die Augen zu, was ihm schließlich einen unsanften Rippenstoß seiner Ehefrau einbrachte.

»Jetzt bass doch uff. Die Karte hen sechs Mark koschdet!«, zischelte sie ihn an.

»I han ja glei gsagt, des Geld hättet mr uns spare könne. Lese ka i au drhoim. I bin doch koi Analphabet.«

»Des Buch hätt aber 26 Mark koschdet, und so kriegsch no a Brezel umasonscht«, klärte ihn seine Frau im Flüsterton auf.

»Des Buch hätt i mr sowieso net kauft. Und so wie die Brezla aussehet, sen die vom Franke-Beck, die mag i sowieso net. Die hen so dicke Knöchele.«

»Sch«, zischte eine ältere Dame und warf strafende Blicke.

Wie wir später erfuhren, die Mutter der Autorin.

Trotzdem konnte auch Frau Knödler es nicht lassen, mir etwas zuzuflüstern.

»Also i find's gar net schlecht. Des verstoht mr wenigschdens.«

Sie spielte damit wohl auf die Lesung des jungen Lyrikers Balthasar Hugendubel an. Wir hatten die Ankündigung nicht sorgfältig genug gelesen und uns deshalb unter dem Titel *Wilder Wahn* etwas anderes vorgestellt. Ich weiß nicht genau, was, jedenfalls etwas Wildes, Schicksalsträchtiges. Als Balthasar Hugendubel mit pathosgeladener Stimme anhob: »Wotans Wut ... wilde Wasser ... wabernde Wellen, wallende Wogen ... Wotans Wahn ... woher? wohin? Wir!«, spürte ich neben mir ein leises Beben.

Frau Knödler ist manchmal eine schrecklich lächerliche Person. Erinnerst Du Dich, dass wir in der Schule auch hin und wieder solche Lachanfälle bekamen? Meistens wie hier in den unpassendsten Momenten. Und genauso wenig, wie ich damals in einem solchen Moment Dich ansehen durfte, darf ich heute Frau Knödler anschauen, sonst ist es um unsere Fassung geschehen.

»Bin i froh, dass i net nausplatzt bin«, erklärte mir Frau Knödler nach der Lesung, »des wär ja saumäßig peinlich gwese. I han ja den junge Ma net auslache welle, aber wie der gschwätzt hat, des hat mi oifach wahnsinnig glächert. I han dauernd versucht, an die Beerdigung vom Herr Maier morge Nachmittag z' denke, aber des hat au nix gnützt. Den han i nämlich nie arg leide könne. Des isch an alter Streithammel gwese.«

Ich fürchte, wir beide sind Kunstbanausen. Wir begeistern uns eher für Bücher, in denen uns jene Heldinnen begegnen, die attraktiv und ungemein tüchtig ihre Frau im Leben stehen. Prosecco-trinkend vernaschen sie Männer reihenweise, um sie dann wie angeknabberte Pralinen gelangweilt zur Seite zu legen und zu testen, ob der nächste besser schmeckt. Im Zeichen der Emanzipation scheinen wir Frauen ungeprüft alle Untugenden der Männer zu übernehmen, vom Rauchen über die Managerkrankheit samt Herzinfarkt bis zum Bäumchenwechsle-dich. Diese Erkenntnis hält mich aber nicht davon ab, diese Art von Literatur mit ausgesprochenem Vergnügen zu konsumieren.

Eine Autorin solcher Bücher erlebten Frau Knödler und ich letzte Woche in der Buchhandlung Hanser. Zu Gast war Helga Himmlisch, deren amüsantes Buch *Männer, Machos und Martinis* ich Dir zum Geburtstag geschenkt habe. Wie Du mir geschrieben hast, hat es Dir auch sehr gut gefallen.

Helga Himmlisch ist eine Bestseller-Autorin, und ihre Veranstaltung war erwartungsgemäß sehr gut besucht. Sie betrat den Raum flott gekleidet und eingehüllt in eine Wolke von Selbstbewusstsein.

»A Superfigur hat die«, stellte Frau Knödler bewundernd fest. »Mr sodd net denke, dass die drei Kinder hat. Und wie die des wohl schafft, nebeher no oin Bestseller nach em andre z' schreibe?«

Das fragte ich mich auch. Ich hatte da schon mit anderthalb Kindern meine Schwierigkeiten. Nun, Helga Himmlisch hat es uns verraten. Sie hat nicht nur einen netten Mann und drei nette Kinder, die uns jede Woche aus einer anderen Illustrierten entgegenlächeln, Helga Himmlisch hat auch eine nette Putzfrau und eine nette Kinderfrau. Dass sie trotz ihrer drei Kinder beim progressiven dmf-Verlag (Du weißt, das ist die Abkürzung für »die moderne Frau«) landen konnte, liegt sicher nur daran, dass sie sich äußerst konsequent und emanzipiert weigert, den Vater ihrer drei Kinder zu ehelichen, und dass sie die Erziehung dieser drei Kinder äußerst konsequent und emanzipiert ihrer Kinderfrau und ihrem Mann überlässt.

Ich sage »ihr Mann«, obwohl er das eigentlich gar nicht ist. Aber sie sagt auch »mein Mann«, obwohl er das eigentlich gar nicht ist. Wie soll sie auch sonst sagen? Wie sagst Du? Mein Freund, mein Partner, mein Lebensgefährte, mein Helmut? Klingt alles irgendwie seltsam. Andererseits würde es mich als emanzipierte Frau stören, wenn ich mich eines so unemanzipierten Begriffs wie »mein Mann« bedienen müsste. Ist doch irgendwie inkonsequent und klingt so, als wolle man sich zu seiner emanzipierten Entscheidung nicht öffentlich bekennen. Oder wie denkst Du als unmittelbar Betroffene darüber?

Doch zurück zu Helga Himmlisch. Natürlich habe ich bei der Lesung noch viel mehr über sie erfahren, zum Beispiel das: Helga Himmlisch schreibt nicht zwischen Herd und Putzeimer, Tante Clärchens unentwegt plappernde Stimme im rechten und Felix' Aufmerksamkeit heischende Rufe im linken Ohr, während penetrant das Telefon klingelt und Martin aus dem Bad etwas Unverständliches ruft. Nein – Helga Himmlisch dichtet entspannt im beneidenswert ruhigen Zugabteil erster Klasse auf der Fahrt zu einer ihrer vielen Lesungen, während die Augen der gegenübersitzenden Herren auf Geschäftsreise bewundernd auf ihr ruhen und sie sich erfreut ihren letzten Roman signieren lassen, den sie selbstverständlich als Reiselektüre mit sich führen. Das, liebe Julia, sind die Erlebnisse, die eine Autorin braucht, um inspiriert zu werden.

Ich fahre zwar auch manchmal mit dem Zug, aber leider nicht im ICE und erste Klasse, weshalb sich meine Reisebekanntschaften in der Regel auf redselige, ältere Damen beschränken, die mir unaufgefordert die Fotos ihrer reizenden Enkelkinder zeigen, und auf Mütter, die mich bitten, mal eben auf ihre Kleine aufzupassen, was die Kleine mir dankt, indem sie ihre Schokoladenfinger an meiner frisch gereinigten Hose abwischt.

Ich hoffe, das alles klingt nicht frustriert. Ich wollte Dir damit nur klar machen, dass meine Aussichten, es zur berühmten Autorin zu bringen, äußerst gering sind, selbst wenn ich einen Verleger finden sollte, sicher nicht den dmf-Verlag. Wie Du weißt, habe ich den Vater meiner Kinder unüberlegterweise bereits vor neun Jahren geheiratet, und so wie ich ihn kenne, hat er keine große Lust, sich scheiden zu lassen, um meiner Karriere dienlich zu sein.

Das mit der Kinderfrau ließe sich vielleicht noch regeln, aber ich fürchte, die Sache ist trotzdem zum Scheitern verurteilt. Ich glaube nämlich, dass sich mein Butzele weigern wird, sich dauernd von der netten Kinderfrau statt von mir ins Bett bringen zu lassen. Und dass Felix sich weigern wird, für die Illustriertenfotos niedlich in die Kamera zu lächeln. Und dass Martin sich weigern wird, die Tür unseres Schlafzimmers dem Fotoreporter von *Frau heute* zu öffnen, damit der mich, mit Frühstückstablett malerisch ins Bett drapiert, für seine Fotoserie *Ein Blick in die Schlafzimmer unserer Prominenten* ablichten kann.

Doch wenden wir uns wieder Berta Büchle zu. Sie hatte ihren Vortrag inzwischen beendet und verkündet, dass sie nun gerne bereit sei, ihre Bücher zu signieren. Als eine der Zuhörerinnen sich daraufhin entschlossen ihrem Tisch näherte, griff Berta eilig zu Stift und Buch, erfreut, dass ihr Kommen offensichtlich doch nicht ganz umsonst gewesen war. Doch anstatt ihren Geldbeutel zu zücken, schaute die leicht angegraute Fünfzigerin Berta Büchle erwartungsvoll an und sagte: »Kennsch me nemme? I bin d' Margit. Mir sen doch mitnander in dr Volksschul gwese.« Worauf Berta Büchle ihr Gegenüber ungläubig anstarrte und offensichtlich darüber nachdachte, ob der Zahn der Zeit auch in ihrem Gesicht so deutliche Nagespuren hinterlassen hatte.

Hast Du auch schon festgestellt, dass Du Dich selten so alt fühlst wie in dem Moment, in dem Du nach zwanzig Jahren eine alte Freundin wiedertriffst und höflich flötest: »Nein, Du hast Dich aber gar nicht verändert!«

Margit war inzwischen dazu übergegangen, Berta Büchle über ihre vergangenen vierzig Jahre aufzuklären. Nun habe ich mir sagen lassen, dass Schriftsteller immer sehr an Lebensgeschichten interessiert sind. Schließlich brauchen sie Stoff für ihre Bücher. Aber was ich da im Vorbeigehen hörte, erweckte nicht den Eindruck, als sei es für *Die Schicksals-Geschichte* geeignet.

»Also, mei Herbert isch letschdes Jahr zum Abteilungsleiter befördert worde, und mei Inge hat me im Mai zur Oma gmacht. Da gucksch, hä?«

Du siehst, liebe Julia, es gibt Dinge, die würde man nie erleben, wenn man nicht seine Trägheit besiegen, sich aus dem Fernsehsessel erheben und zur Lesung von Berta Büchle eilen würde. Und Du darfst mir eins glauben, im Gegensatz zu Helga Himmlisch wird Berta Büchle mein Gesicht nicht so schnell vergessen und mich auch nächstes Jahr noch freundlich und dankbar grüßen, wenn wir uns zufällig auf der Straße begegnen. Immerhin gehöre ich zum exklusiven Kreis ihrer noch leicht überschaubaren Lesergemeinde. Das ist doch auch was, oder nicht?

In diesem Sinn grüßt Dich – ein wenig frustriert, aber nicht mutlos –

Deine Katharina

PS: Noch eine kleine Anmerkung zum Thema Brezel.

Wie Du dem Gespräch des vor mir sitzenden Ehepaars entnehmen konntest, liebt der Schwabe Brezeln, aber durchaus nicht jede gleichermaßen. Jeder Schwabe schwört bei der Brezel auf »seinen« Bäcker, wobei es nicht selten vorkommt, dass er seine Brezeln bei einem anderen Bäcker kauft als sein Brot.

Ich mag meine Brezeln am liebsten mit einem »dicken Bauch« und dünnen, knusprigen »Knöchele« und natürlich mit viel Butter drauf. Zu meinem Glück – meine Waage sieht das vielleicht anders – komme ich auf dem Weg zum Kindergarten bei »meinem« Brezelbäcker vorbei. Damit ist mein zweites Frühstück gerettet.

Ich will ja nicht übertreiben, aber ich finde, allein schon für diesen Genuss hat sich unser Umzug ins Ländle gelohnt.

Nix gschwätzt isch globt gnug

Wer globt werde will, muss sterbe,
wer gschimpft werde will, muss heirate.

Liebe Julia,

vielen Dank für Deinen Brief. Ich finde es sehr interessant, dass auch Du kluge Person noch keine wirklich befriedigende Lösung für das Problem »Wie nenne ich den mir nicht angetrauten Mann?« gefunden hast. Vielleicht wäre das einmal eine interessantere Denksportaufgabe als die, einen passenden Namen für das alberne Maskottchen der Fußballweltmeisterschaft zu finden. Was meinst Du?

Uns flatterte übrigens neulich schon wieder eine Einladung ins Haus. Das heißt, genau genommen flatterte sie nicht, denn sie wurde mir von Martin mündlich und ganz zwanglos überbracht. Schließlich handelt es sich auch um eine ganz zwanglose Einladung: zum schwäbischen Vesper beim Ehepaar Epple, einem Kollegen von Martin, zu Zwiebelkuchen und Most. Die Schwaben sind nämlich durchaus gastfreundliche Leute. Der Spruch »Kommet Se nach em Kaffee, dass Se bis zum Nachtesse wieder drhoim sin« kann nur eine unzutreffende, bösartige Unterstellung sein.

Most, das Nationalgetränk der Schwaben, ist wie die Kehrwoche und die Besenwirtschaft eine typisch schwäbische Erfindung. Vermutlich hat er seinen Ursprung in der Sparsamkeit des Schwaben, der nichts verkommen lassen kann. Für jede andere Verwendung als das Pressen sind die kleinen Äpfel und Birnen, die so aussehen, wie Demeter heißt, wohl zu klein und zu unansehnlich. Jeder Schwabe trinkt Most, jeder gute Schwabe hat ein Fässle davon im Keller stehen und jeder besonders gute Schwabe sammelt die Mostäpfel und -birnen auf seinem eigenen Baumwiesle.

Zur Erntezeit sieht man die Leute gebückt über ihre Streuobstwiesen gehen und die kleinen Äpfel und Birnen »aufklaube«, also aufsammeln. Eine mühsame Arbeit, für die sich nicht einmal Frau Generaldirektor zu schade ist, und das für einen Stundenlohn, für den nicht einmal ihre Putzhilfe arbeiten würde. Junge Leute sieht man allerdings selten auf den Wiesen beim Obstaufsammeln. Sie können rechnen und scheuen wohl das Bücken, das nicht mehr einbringt als ein schmerzendes Kreuz, ein Fässle Most oder ein paar Kisten Saft, die man in der Mosterei im Tausch gegen das abgelieferte Obst erhält. Vermutlich verkaufen sie die Streuobstwiesen lieber als Bauplätze. Das schont den Rücken und füllt das Bankkonto.

Die Umweltschützer allerdings kämpfen heftig um den Erhalt der Streuobstwiesen, genauso wie sie um den Erhalt der Wacholderheiden auf der Schwäbischen Alb kämpfen, die mit dem Rückgang der Schafherden ebenfalls vom Untergang bedroht sind. Es ist tröstlich, dass es immer noch ein paar Idealisten gibt, die über ihren Geldbeutel hinausdenken.

Doch zurück zum Most. Er ist wie der Schwabe selbst. Auf den ersten Eindruck »a bissle räs« (herb, sauer), man muss sich erst an ihn gewöhnen und mit ihm Freundschaft schließen, aber ganz offensichtlich bleibt man ihm dann treu. Und Most ist nicht gleich Most. Für Kenner gibt es da feine Unterschiede. Wie beim Wein finden sogar Prämierungen statt. Im Übrigen verhält es sich mit dem Most wie mit dem Melissengeist: Er ist für vieles gut. Man kann mit ihm Kinder taufen und Kummer ertränken, wenn Not am Mann ist.

Ich kann nicht behaupten, dass mir der Most geschmeckt hätte, aber natürlich habe ich ihn sehr gelobt, denn es war »an oigener«. Bei Frau Epples Zwiebelkuchen fiel mir das Loben leichter, denn der hat mir wirklich geschmeckt. Ich lege Dir das Rezept bei. Allerdings muss ich Dich warnen: Die Folgen sind tödlich! In der Nacht haben sich der Zwiebelkuchen und das Butzele heftig um den Platz in meinem Bauch gestritten. Sicher hätte mir der Schnaps gutgetan, den Herr Epple in weiser Voraussicht oder aus Erfahrung nach dem Essen anbot. Weil ich ihn ablehnte, kamen wir auf unser Butzele zu sprechen.

»Wie soll's denn hoiße?«

»Nun, wenn's ein Junge wird, dachten wir an Christoph«, sagte Martin.

»Krischtof«, wiederholte Herr Epple mit einem scharfen »sch« in der Mitte, »ha jo, des isch nett.«

Nicht nett, beschloss ich in diesem Moment, zumindest nicht so, wie Herr Epple das aussprach.

»Oder vielleicht Philip«, sagte ich.

»Philip, so hoißt doch dr Bua vons Armbrusters«, sagte Frau Epple.

»Wer?«, wollte Herr Epple wissen.

»Ha, du woisch doch, dr Bua vom Metzger Armbruster, der, wo net ganz bache isch. D' Frau Armbruster bringt doch immer a Guck voll süße Stückle mit, wenn se wo eiglade sin, weil ra des so peinlich isch, wenn der Kerle d' ganze Platte leerbutzt, bevor an andrer au bloß oi Stückle kriegt hat. Woisch nemme?«

So genau wollte Herr Epple das offenbar gar nicht wissen. Vielleicht fand er auch, dass diese Geschichte in Gegenwart einer Schwangeren nicht besonders glücklich gewählt war.

»Aber sicher wellet Se viel lieber a Mädele, wo Se doch scho an Bua hen«, lenkte er deshalb geschickt ab.

Was Martin und ich natürlich heftig abstritten. Aber dann gaben wir den Namen preis, auf den wir uns für unsere Wunschtochter momentan geeinigt hatten: Elisabeth.

»Des isch an schöner, alder Name. Die alde Name sen ja jetzt wieder ganz modern«, wusste Frau Epple. »A Bäsle von meim Ma hoißt au Elisabeth. Aber zu dere saget alle Lisbeth. Elisabeth isch halt scho arg lang, vor allem für so a klois Kend. Aber mr ka ja au Liesele sage. Des isch doch nett.«

Armes, kleines Butzele. Wo sind wir da nur hingeraten! Gibt es wirklich keinen einzigen hübschen Namen, den die Schwaben nicht irgendwie schrecklich entstellen?

»Wie gfällt Ihne denn Dagmar?«, fragte jetzt Herr Epple und zwinkerte seiner Frau verschmitzt zu.

»Dagmar? Bloß nicht!«, entfuhr es mir. »So sollte ich ursprünglich heißen. Ich bin meinen Eltern heute noch dankbar, dass sie es sich anders überlegt haben. Ich finde den Namen schrecklich!«

»Hörsch des, Schätzle«, sagte Herr Epple und lachte vergnügt. »Siehsch, deine Eltern waret halt net so gscheit wie dr Frau Sander ihre. Mei Frau hoißt nämlich Dagmar«, klärte er uns freundlich auf.

Ein Himmelreich für ein Mauseloch! Kannst Du Dir so etwas Peinliches vorstellen?

Martin versuchte die Situation zu retten. »Also, ich finde Dagmar sehr hübsch. Ich habe das meiner Frau auch schon vorgeschlagen. Hätten Sie nicht Lust, Taufpatin zu werden, falls wir unsere Tochter Dagmar taufen, Frau Epple?«

Martin muss immer gleich übertreiben und außerdem kann er furchtbar schlecht lügen. Manchmal ist das ganz praktisch, aber im Moment machte es die Sache nur noch peinlicher.

»Lasset Se no«, winkte Herr Epple freundlich ab, »des braucht's net. I han doch bloß a Späßle gmacht.«

Martin lachte erleichtert auf. »Dann heißt Ihre Frau gar nicht Dagmar?«

»Doch, doch, des scho. Aber uns gfällt der Name au net. Deshalb sag i ja au Schätzle zu meiner Frau, gell, Schätzle? Und unser Kend dädet mir gwieß net so daufe, da kann i Ihr Frau gut verstande.«

Nette Leute, diese Epples, sie wurden mir immer sympathischer. Aber ist es nicht eine dumme Angewohnheit der Leute, sich Schätzle, Mäusle oder Liebling zu nennen, so dass niemand weiß, wie sie wirklich heißen? Es ist fast wie bei Rumpelstilzchen. Jedenfalls werde ich nie mehr etwas Schlechtes über einen Namen sagen, bevor ich nicht die Vornamen aller Anwesenden und ihrer nächsten Angehörigen kenne. Schließlich haben nicht alle Leute so viel Humor wie Epples.

»Kommet Se, jetzt zeig i Ihne meine Kaktee, und du kasch inzwische scho mal d' Leinwand und de Projektor narichte, gell, Schätzle?«

Ich wäre zu jeder Schandtat bereit gewesen, um diesen peinlichen Ausrutscher wieder gutzumachen.

Der kleine Garten hinter dem Haus wurde fast ganz von einem Gewächshaus eingenommen, der restliche Platz reichte gerade noch für eine schmale Terrasse, ein Gemüsebeet, ein paar Beerensträucher und ein Stückchen Rasen, das man mit der Nagelschere schneiden konnte.

Und dieses Gewächshaus war über und über voll mit Kakteen, die uns Herr Epple alle mit ihrem kompletten lateinischen Vor- und Zunamen vorstellte. Dann streckte er mir eine solche grüne, stachelige Kugel unaussprechlichen Namens entgegen und sagte: »Den schenk i Ihne.«

Das war wirklich ganz reizend von Herrn Epple. Aber du kennst meine Abneigung gegen Kakteen. Ich glaube, bei Kakteen ist es wie bei der Schwangerschaft und beim Frieden, ein bisschen gibt es nicht. Entweder man mag sie oder man mag sie nicht. Ich mag sie nicht. Die Kakteen scheinen das zu spüren, denn obwohl ich sie pflichtbewusst und gewissenhaft gieße – immerhin handelt es sich um Lebewesen –, hat noch keine länger als ein paar Wochen bei mir überlebt.

Das erklärte ich auch Herrn Epple, ohne natürlich meine Abneigung gegen diese Gewächse zu erwähnen. Das Schmalz des letzten Fettnäpfchens klebte noch an meinen Füßen.

»Wahrscheinlich moinet Se 's z' gut und gießet z' viel. Des möget se net. Die brauchet ihre Ruhephase. Sonsch kommet se au net zum Blühe.«

Zum Glück sah er daraufhin davon ab, seinen Liebling meinen ungeschickten Händen anzuvertrauen. Nicht auszudenken, wenn Herr Epple mich eines Tages besucht und ich ihm hätte gestehen müssen, sein Kaktus habe sein Leben auf unserem Kompost, der »Miste«, ausgehaucht.

»So, und jetzt zeig i Ihne a paar Dias. ’s blühet ja grad koine. Und d’ Blüt, des isch ja eigentlich ’s Schönschde an so me Kaktus.«

Das war nun eine für einen Schwaben ganz untypische Übertreibung, was zeigt, wie sehr Herr Epple seine Kakteen liebt. Ich finde, die Blüte ist überhaupt das einzig Schöne an einem Kaktus. Aber wie schon gesagt, ich mag keine Kakteen. Vielleicht bin ich deshalb nicht ganz objektiv.

Die Blüten, die Herr Epple auf die Leinwand warf, waren jedenfalls wirklich außergewöhnlich schön, das muss ich zugeben. Am Anfang gaben wir begeisterte Ahs und Ohs von uns wie beim Feuerwerk, aber nach dem dreißigsten Dia hatten wir das Gefühl, unsere »Dagmar-Schuld« genug abgelobt zu haben, und lehnten uns bequem zurück.

Martin war auf dem Sofa ein bisschen näher zu mir herangerutscht und hatte den Arm um mich gelegt. Ich lehnte den Kopf an seine Schulter und erinnerte mich an alte Zeiten, als wir gemeinsam ins Kino gegangen waren, weil wir keine sturmfreie Bude hatten und es im Kino so schön dunkel war.

Allerdings war Martin damals nicht eingeschlafen. Meine erotischen Reize müssen inzwischen doch erheblich nachgelassen haben. Vielleicht lag es auch am schwer verdaulichen Zwiebelkuchen oder am einschläfernden Programm – keine anregende Sexszene und keine aufregenden Pistolenschüsse.

Bevor Martins Schnarchen hörbar werden konnte, brachte ihn ein liebevoller Rippenstoß meinerseits wieder zur Besinnung. Und genau wie zu Hause, wenn Martin vor dem Fernseher einschläft, fing er sofort an zu reden, als er wieder wach wurde.

»Nein, wie hübsch«, sagte Martin, um den Eindruck zu erwecken, er habe die Vorführung die ganze Zeit gebannt verfolgt.

Dummerweise hatte er in der Eile nicht bemerkt, dass Herr Epple inzwischen bei den Urlaubsdias angekommen war und gerade eine Großaufnahme der vollschlanken Frau Epple im Badeanzug zeigte.

»Aber Herr Sander«, sagte Frau Epple, und man konnte hören, dass sie begeistert errötete, »wo Ihr Frau doch viel hübscher isch wie i.«

Dazu musst Du wissen, dass schwäbische Frauen, was Komplimente angeht, nicht eben verwöhnt sind.

»Nix gschwätzt isch globt gnug«, lautet das Motto des Schwaben. Erhält eine Schwäbin auf die Frage, ob's geschmeckt habe, zur Antwort: »Mr ka's esse«, so darf sie sich sehr geschmeichelt fühlen. Und sagt der Gast: »Des isch besser wie a Gosch voll Glufa«, was so viel heißt wie »Das ist besser als ein Mund voller Stecknadeln«, so darf sie auch das als Lob verbuchen. Und wenn es um die Schönheit geht, da wäre ein »Wüscht isch se grad edda« schon ein Lob an der Grenze zur Überschwänglichkeit.

So fand dieser Abend durch Martins unfreiwilliges Lob noch einen sehr harmonischen Abschluss. Wirklich nette Leute, diese Epples, wir müssen sie unbedingt einmal einladen.

So viel zu den Themen Most, Namen und schwäbische Komplimente.

Übrigens, falls Du es nicht aus dem Zusammenhang schließen konntest, »a Guck voll süße Stückle« ist eine Tüte mit Teilchen, »wüscht isch se grad edda« heißt »hässlich ist sie nicht gerade«. »A Bäsle« ist eine Cousine. Das männliche Gegenstück dazu heißt »Vetter« und beide zusammen sind »Gschwisterkinder«. Alles klar?

Da hast Du doch heute so ganz nebenbei wieder eine Menge über Land und Leute gelernt!

Deine Katharina

Schwäbischer Zwiebelkuchen

Hefeteig

500 g Mehl
2 Eier,
100 g Butter,
1 Prise Salz,
1/8 l Milch
30 g Hefe

Füllung

2 kg Zwiebeln
50 g Speckwürfel,
1/4 l saure Sahne,
4 Eier,
40 g Mehl,
1 Prise Kümmel
und 1 Prise Salz

Zubereitung

Die Teigzutaten miteinander verrühren und etwa 30 Minuten an warmer Stelle gehen lassen.

Zwiebeln in Scheiben schneiden und mit Fett weich dünsten, ohne dass sie Farbe annehmen. Alle anderen Zutaten verrühren und mit den Zwiebeln vermengen.

Hefeteig ausrollen und auf ein gebuttertes Kuchenblech legen. Füllmasse über den Teig verteilen und bei 220 Grad etwa 1 Stunde goldgelb backen.

Es weihnachtet sehr

Wenn mr so alt wird wie a Kuh,
lernt mr no älleweil drzu.

Liebe Julia,

es weihnachtet sehr! Man merkt es daran, dass die Schokoladennikoläuse inzwischen ausverkauft sind und überall die Lichterketten brennen. Man merkt es auch daran, dass im Kindergarten die Rollen fürs Krippenspiel verteilt werden. Felix sollte den Herbergsvater spielen.

»Ich sag das nicht!«

»Was sagst du nicht?«, wollte ich wissen.

»Dass es keinen Platz in der Herberge hat. Das sag ich nich. Das is gemein!«

Vielleicht lag es an meinem Zustand. Wer weiß, vielleicht stellte Felix sich vor, wie das Krankenhaus mich rüde von der Tür wies: »Unsere Geburtenabteilung ist momentan leider völlig überfüllt.« Und wie ich unser Butzele dann bei Suse im Stall der Wiesenweg-Kommune zur Welt bringen müsste. Aber so gern, wie Felix bei Suse im Stall ist, würde er es dort wahrscheinlich viel gemütlicher finden als im Krankenhaus.

»Aber das ist doch nicht gemein, Felix«, versuchte ich zu erklären. »So war's eben.«

»War's nich«, beharrte Felix trotzig. »Ein bisschen Platz is immer. Die ham bloß nich wollen.«

Mein kleiner Felix mit dem großen Herzen. Wenn es nach Felix ginge, dann würden wir unsere Wohnung inzwischen mit diversen gestrauchelten Elementen teilen. Vor einiger Zeit sind wir in der Stadt an einem Bettler vorbeigekommen.

»Mama, was steht da drauf?«, wollte Felix wissen.

Damals war ich naiv genug, ihm ehrlich vorzulesen, was auf dem Pappschild stand: *Bin ohne Arbeit und Wohnung.*

»Mama, der Papa hat doch so viel Arbeit. Der kann ihm sicher was davon abgeben. Dann hat der Papa auch mehr Zeit und kann mit mir spielen.«

Ich versuchte, Felix zu erklären, dass das nicht so einfach ginge.

»Aber wohnen kann er wenigstens bei uns. Wir haben doch genug Platz. Er kann ja im Gästezimmer schlafen, so wie der Henry.«

Zum Glück wird da bald das Butzele einziehen. Ich stellte mir das Gesicht von Frau Nägele vor, wenn wir zu dritt nach Hause kämen. Ob es nur Felix' Mitleid mit dem Bettler war oder die Vorstellung, dass dann auch der niedliche Hund bei uns einziehen würde, den er bei sich hatte, kann ich nicht sagen. Wahrscheinlich beides zusammen.

Jedenfalls mache ich seither um jeden Obdachlosen einen weiten Bogen und nehme große Umwege in Kauf, sofern es mir gelingt, ihn vor Felix zu erspähen, was nicht ganz einfach ist, denn Felix geht mit wesentlich wacheren Augen durch die Welt als ich.

Zum Glück kann er aber noch nicht lesen. Deshalb kaufe ich mich bereitwillig mit ein paar Münzen frei und erzähle ihm, auf dem Schild stehe, dass der Mann auf ein Fahrrad spart. Das kann Felix gut verstehen. Nun kann ich ihn nur mit Müh und Not davon abhalten, sich ebenfalls mit einem Hut und einem Schild in die Fußgängerzone zu setzen. Er hätte nämlich auch gern ein neues Fahrrad.

Frau Knödler lachte, als ich ihr die Geschichte erzählte. »Warum soll's Ihne besser gange wie mir?«, fragte sie. »Bei dr Petra sen's meischdens Viecher gwese, die se mr agschleppt hat. 's Gröschde war, wo se mr des Pferd in Garte gstellt hat, des se vor em Schlachthof grettet hat. Da han i allerdings Unterstützung von dr Frau Nägele kriegt. Die hat uns schier mitsamt dem Gaul nausgschmisse.«

Liebe Julia, wie erziehst du dein Kind zu einem hilfsbereiten Menschen, ohne dein Haus gleichzeitig zum Obdachlosenheim und zur Arche Noah zu machen oder deine Glaubwürdigkeit zu verlieren?

»Ich will nich den Herbergsvater spielen. Ich will die Maria spielen«, quengelte Felix.

Ausgerechnet Felix! Also, wenn Du mich fragst, dann war das der reine Trotz. Wahrscheinlich wäre er mit Fäusten auf die Erzieherin losgegangen, wenn sie ihm die Rolle der Maria angetragen hätte.

»Felix, sei bitte nicht albern. Du kannst doch nicht die Maria spielen. Die Maria ist eine Mädchenrolle.«

»Na und«, erklärte mir Felix, »der Raffael spielt auch den Mohrenkönig. Und ist der Raffael vielleicht 'n Mohr?«

Nun, manchmal sieht er zumindest so aus, auch ungeschminkt.

»Wenn ich schon nich die Maria spielen darf, dann will ich wenigstens den Mohrenkönig spielen«, nervte Felix weiter.

Klar, da durfte man sich mit höchster Genehmigung schwarz anmalen. Ich versprach, mit der Erzieherin zu sprechen. Vielleicht war Raffael bereit, die Rollen zu tauschen. Raffael machte mir nicht den Eindruck, als wenn er Skrupel hätte, Maria und Josef die Tür zu weisen.

So war es auch. Und wenn du mich fragst, dann ist der Rollentausch dem Krippenspiel sehr gut bekommen. Raffael schwäbelt nämlich ganz gewaltig. Und ein schwäbelnder Herbergsvater mag ja noch angehen, aber schwäbische Laute aus dem Mund des Mohrenkönigs – ich weiß nicht so recht. Aber wahrscheinlich hätte das ohnehin nur mich als Reigschmeckte gestört.

Der Kindergarten bringt uns überhaupt viel Weihnachtsstimmung ins Haus. Heute hat Felix selbstgebackene »Gutsle« mit nach Hause gebracht, eins schöner als das andere.

»Hast du die gebacken?«, fragte ich ungläubig.

Wie schafften die Erzieherinnen das bloß? Wenn Felix zu Hause »Ausstecherle« macht, dann ist der Teig nach einer Viertelstunde braun – wohlgemerkt im ungebackenen Zustand – und vom vielen Mehl, das er darunterarbeitet, ganz krümelig.

Außerdem will er keine doofen Sterne und Herzchen backen, sondern kleine runde Gebilde, die er Pizzas nennt. Das liegt vielleicht daran, dass ich Liebesperlen und bunte Zuckerstreusel zum Verzieren gekauft habe. Das war ein Fehler. Überall knirscht es, die letzten Liebesperlen werde ich wahrscheinlich an Ostern finden, und schrecklich ungesund sieht das Zeug auch aus.

Felix ist zur Zeit überhaupt sehr eigenwillig. Dabei müsste er die Trotzphase eigentlich hinter sich haben. Als wir für die Großeltern Sets mit Kartoffelstempel bedruckt haben, wollte er unbedingt Dinosaurier aufdrucken. Ich kann aber keine Dinosaurier aus Kartoffeln ausschneiden. Ganz abgesehen davon, dass sie nicht besonders gut zu Weihnachten passen. Die Tannenbäume fand er blöd. Wenn schon Tannenbäume, dann wenigstens rote und gelbe und blaue. Im Eifer des Gefechts fiel dann noch der Topf mit der grünen Textilfarbe um. Zum Glück ist nicht viel passiert. Aber ich war so genervt, dass ich ihm fast eine geklebt hätte. Das kann nicht der Sinn von Weihnachten sein! Ob's an meinem Zustand liegt oder daran, dass ich mir zu viel vornehme und alles perfekt haben will? Vielleicht an allem zusammen.

Es beruhigt mich, dass es anderen Leuten nicht viel besser geht.

Auch Frau Knödler klagt. »Jedes Jahr nehm i mr vor, dass i d' Gschenk früher kauf, und na renn i doch in dr letschde Woch los und kauf a Medima-Underwäsch für d' Oma wie jedes Jahr, weil mr nix Bessers eifällt. Obwohl, die freut sich wenigschdens no. Aber die junge Leut, dene kasch ja bloß no Geld schenke. Des, was i dr Petra kaufe däd, des däd die nie aziehe. Genauso wenig wie i die troschtlose schwarze Schlabbersäck, in dene se dauernd romlauft. Wenn die des aziehe müsst! Da fragt mr sich wirklich, wozu die so a netts Figürle hat. Also schenk i ra an Gutschein für a Sweatshirt und sie mr an Gutschein für fünfmal Audobutze. Des isch mr fascht lieber wie die baschdelde Sache, die se mr früher gschenkt hat. Mr hat's ja in Ehre halte müsse und irgendwo nastelle oder uffhänge.

Da fällt mr grad ei, kennet Sie d' Frau Scheufele? Net? Sie, die hat vier Döchter und die sen alle saumäßig kreativ. Des isch ja eigentlich ebbes Schöns, aber manchmal denk i, für d' Frau Scheufele isch's au a Straf. In dere ihrer Wohnung sieht's aus, wie wenn a Dauerausstellung von dr Volkshochschul stattfinde däd, vor lauter töpferte Häfele und Trockegsteck und Püpple und Gobelins und Aquarelle an de Wänd. Ich glaub, die hat bestimmt an Horror vor Weihnachte, weil se nemme woiß, wo se des ganze Zeug nastelle soll.

In dere Richtung isch von meire Petra nix zu befürchte, bsonders kreativ isch se net. Zum Baschdle däd se vor Weihnachte sowieso nemme komme. Da moinet doch alle Lehrer, se müsstet no gschwind a Klassearbeit schreibe. Also langt's grad no zum Male von ma Gutschein a Stund vor der Bescherung. I han no die Gutschein vom letschde Jahr in dr Schublad liege. Immer, wenn's Audobutze nödig gwese wär, hat se ebbes Dringends vorghet. Meischdens uff a Klassearbeit lerne, des Argument zieht bei Müdder immer, des werdet Se au no merke. Diesmal bleibsch hart, denk i jedesmal. Irgendwann muss se ja Zeit han. Aber nach sechs Woche ka i's nemme mit agucke. Schließlich nehm i jede Woch d' Frau Säuferer zur Gymnastik mit. Was soll denn die denke, wenn i so a Dreckkarre han. Und kaum han i 's Audo butzt, kommt d' Petra und sagt beleidigt: ›Warum hasch denn net gwartet? Grad han i dr's mache welle!‹«

Ich erzählte Frau Knödler, wie Martin und ich einmal beschlossen haben, mit der blöden Schenkerei zu Weihnachten aufzuhören. Aber so ganz ohne Geschenk, das erschien mir doch recht lieblos. Deshalb erstand ich eine Kleinigkeit mit dem Erfolg, dass Martin richtig eingeschnappt war, weil ich mich nicht an unsere Vereinbarung gehalten hatte. Er hat ja recht, dachte ich und kaufte zum nächsten Weihnachtsfest nichts mehr für ihn. Und dann lag am Heiligabend ein Päckchen von Martin für mich auf dem Tisch, und jetzt war ich es, die dumm dastand. Seither halten wir es wieder so wie all die Jahre davor und beschenken uns. Oder wir schaffen uns gemeinsam etwas an, was uns beiden Freude macht.

Wir schimpften gemeinsam auf die blöde Schenkerei und das viele fette Essen, bei dem wir unweigerlich wieder zunehmen. Dann gesellte sich Frau Nägele zu uns und schimpfte auf den Knatsch, den es an Weihnachten immer gibt, weil alle abgehetzt und mit den Nerven fertig sind und kein Mensch so viel geballte Verwandtschaft auf einmal verkraften kann. Schließlich kam auch noch Herr Dieterle dazu. Er erzählte, dass Familie Schneider aus der Uhlandstraße 18 jedes Jahr eine Postkarte von Mallorca bekommt.

»Dene ihre Freund, die schreibet immer ganz begeischdert. Da gibt's am Heiligabend a großes Kändellaid-Dinner und Musik und Bescherung für alle Gäscht. Die brauchet sich um rein gar nix kümmre.«

Da kreischten wir drei Frauen entsetzt auf. Wer will das denn schon, sich um gar nichts kümmern? Da merkt man ja gar nicht, dass Weihnachten ist. Heiligabend auf Mallorca – undenkbar! Oder kannst Du Dir ein Weihnachtsfest vorstellen, bei dem Du statt der selbstgestrickten Bettschuhe von Tante Clärchen eine en gros georderte silberne Gebäckschale von der Hotelleitung überreicht bekommst? (Der Preis wurde selbstverständlich vorher bei den Kosten für das Candle-Light-Dinner draufgeschlagen.) Ein Weihnachtsfest, das nach Meer und Sonnenöl riecht anstatt nach Zimt und Tannenzweigen? Ein Weihnachtsfest, bei dem Du *Stille Nacht* nicht in der Kirche, sondern in der festlich geschmückten Hotelhalle singst, eine halbe Stunde bevor die Kapelle zum Tanz aufspielt?

Plötzlich kam uns die ganze Weihnachtshektik gar nicht mehr so schlimm vor. Vielleicht haben wir das alles ein bisschen zu schwarz gesehen. Und auch wenn es seit Jahren nur noch an Ostern geschneit hat, Weihnachten zu Hause ist eben Weihnachten zu Hause! Man müsste das Ganze nur ein bisschen besser organisieren, nächstes Jahr.

Mit diesem guten Vorsatz und den allerbesten Wünschen für ein stressfreies Weihnachtsfest verbleibe ich,

Deine Katharina

Mutter werden ist nicht schwer …

A Eh' ohne Kender
isch wie a Tag ohne Sonn.

Liebe Julia,

die Nachricht, dass unser Butzele inzwischen angekommen ist, hat natürlich keinen Aufschub geduldet, bis ich zum Schreiben komme. Aber da die Visite unser Gespräch so abrupt unterbrochen hat, will ich Dir nun in aller Ruhe und etwas ausführlicher von diesem aufregenden Ereignis berichten. Mit dem Weihnachtsbraten im Ofen, Opa Paul auf deinem Sofa und Oma Hertas gut gemeinten Ratschlägen im Ohr hätte Dir wohl ohnehin die nötige Konzentration für unser Telefongespräch gefehlt.

Doch zur Sache. Wir sangen in der Kirche also gerade »schlaf in himmlischer Ruh« und ich wischte mir verstohlen eine Träne aus dem Augenwinkel – ich glaube, so weit war ich am Telefon noch gekommen –, als ich das erste verdächtige Ziehen verspürte. Da der errechnete Termin erst der 7. Januar war und Felix mit einer Woche Verspätung ankam, dachte ich an Senkwehen und gab mich weiter ungestört meiner Rührung hin. Aber als sich das anschließende Krippenspiel dem Ende zuneigte, war mir klar, dass die Sache wohl ernst zu nehmen war.

»Ich glaube, es geht los«, flüsterte ich Martin zu.

»Was?«

Die Leute drehten sich neugierig nach uns um, denn Martins Ausruf war im ersten Schreck etwas laut ausgefallen.

»Bist du sicher?«, fragte er ein wenig gedämpfter.

»Ziemlich.«

Dennoch war ich wild entschlossen, die Krippenfeier bis zum Ende durchzustehen und zu Hause erst noch Bescherung zu feiern, bevor wir Felix zu Frau Knödler brachten und ins Krankenhaus fuhren. Eins nach dem anderen. »No net hudla«, wie der Schwabe sagt. Felix sollte seinen Heiligabend haben mit allem, was dazugehört.

Es war mir zu diesem Zeitpunkt endgültig klar, dass unser Butzele ein Mädchen war. Nur ein weibliches Wesen kann sich einen solchen Auftritt verschaffen. Leider ist das aber die einzige Sensation, die ich zu bieten habe. In Filmen folgt in solchen Fällen ein heftiges Schneegestöber, ein kilometerlanger Autostau, der Einsatz des Polizeiwagens mit Tatütata, eine spektakuläre Geburt im Taxi und ein in Ohnmacht fallender Vater. Mit all dem kann ich leider nicht aufwarten. Martin war die Ruhe selbst, wenigstens erweckte er den Eindruck. Das ist in solchen Situationen sehr hilfreich.

Als wir damals bei Felix' Geburt im Krankenhaus ankamen, fiel der Empfang wenig herzlich aus. In dieser Nacht wurden elf Kinder geboren und das »Oh Gott, noch eine!«, mit dem wir empfangen wurden, klang nicht besonders einladend.

Diesmal scheine ich eine günstigere Mondphase erwischt zu haben. Außer mir schien niemand Lust zu verspüren, sein Kind gerade an Heiligabend zur Welt zu bringen, was ich gut verstehen kann.

»Na Gott sei Dank«, empfing uns die Hebamme freundlich. »I han scho denkt, i müsst de Heiligabend alloi verbringe. Bloß da rumhocke und Socke stricke, da wird mr ja trübsinnig. I bin d' Schwester Bärbel.«

Schwester Bärbel hatte Oberarme, die so kräftig waren wie meine Oberschenkel, und sie wirkte sehr kompetent und beruhigend. Ganz im Gegensatz zum diensthabenden Arzt. Natürlich teilt man an Heiligabend nicht gerade die Familienväter zum Dienst ein. Der junge Mann sah aus, als hätte er sein Abitur erst letztes Jahr gemacht, und wirkte nervöser als ich. In einem anderen Moment hätte er sicher Muttergefühle bei mir geweckt, aber alle mir zur Verfügung stehenden Mutterinstinkte waren im Moment auf das Butzele konzentriert.

»Ist das Ihre erste Entbindung?«, fragte er besorgt.

Als ich verneinte, seufzte er hörbar auf. »Dann ist's ja gut.«

»Ist es Ihre erste Entbindung?«, fragte ich ebenso besorgt zurück.

»Das nicht, aber die erste, die ich allein mache.«

Wie beruhigend!

Als ich merkte, wie seine Unruhe auf mich abzufärben begann, machte ich ihm den Vorschlag, eine Tasse Kaffee trinken zu gehen oder sich eine Stunde aufs Ohr zu legen.

»Es wird sicher noch eine Weile dauern. Wenn's ernst wird, kann Schwester Bärbel Sie ja rufen.«

Schwester Bärbel stimmte mir zu. »Ganget Se no, mir machet des scho.« Und als er weg war: »Des war a gute Idee. Der stoht bloß im Weg rom. Bei Entbindunge sen Ärzt sowieso meischdens überflüssig. 's langt, wenn mr 'n zum Nähe holet. I hoff, dass 'r des wenigschdens ka. Und wie isch's mit Ihrem Ma?«

Ich bestand darauf, dass Martin unbedingt dableiben solle. Bei Felix haben sie ihn noch einmal nach Hause geschickt. Und dann ging alles schneller als gedacht und er hat es gerade noch geschafft, vor Felix anzukommen. Die Frage, wer von beiden zuerst da sein würde, hat mich mehr mitgenommen als die ganze Geburt.

»Wisset Se, mir hen heut bloß a Notbesetzung, und da kann i me net au no um Ihren Ma kümmre. Und was mit dem junge Dokter los isch, des sehet Se ja selber. Da muss mr grad froh sei, wenn der oim net umkippt.«

Ich versicherte ihr, dass von Martin keine Ohnmachtsanfälle zu befürchten waren. Sie untersuchte mich und fragte, wie lange die Geburt bei Felix gedauert habe.

»Des unterbiete mr heut«, sagte sie, und ich kam mir vor wie ein Marathonläufer bei der Olympiade. »Des schaffet mr heut no. Des gibt a Chrischtkendle.«

Schwester Bärbel schien sich darüber zu freuen. Bei Felix hatte man mir wegen meines Tempos heftige Vorwürfe gemacht. »Meine Güte, der Muttermund ist ja schon fünf Zentimeter offen! Können Sie sich denn nicht ein bisschen Zeit lassen? Im Kreißsaal ist die Hölle los. Da kann ich Sie jetzt nicht auch noch reinlegen.«

Felix wurde dann auch tatsächlich beinah im Wehenzimmer geboren, was mir allerdings ohnehin lieber gewesen wäre. Ein Kreißsaal ist nicht unbedingt ein heimeliger Ort, um ein kleines Menschenkind auf dieser Welt willkommen zu heißen. Vielleicht hätte ich mich doch für eine Hausgeburt entscheiden sollen. Wie schön wäre es, jetzt auf meiner Couch unter dem Christbaum zu liegen. Ein Glück, dass wenigstens Martin da war.

»Also, morgen wär's mir eigentlich lieber«, sagte ich zu Schwester Bärbel, die mich verständnislos ansah.

Vermutlich kommt es nicht oft vor, dass Frauen es nicht so schnell wie möglich hinter sich bringen wollen.

»Na ja, möchten Sie am Heiligen Abend Geburtstag haben?«, erklärte ich.

»Ach, so moinet Se des. Also, wenn Se mi fraget, so viel besser isch's am erschte Weihnachtsfeierdag au net. Des hättet Se sich mal früher überlege solle. Aber uff die Art hen Se die Feschterei und de Bsuch in oim Aufwasch weg, des isch doch au net schlecht«, versuchte sie mich zu trösten. »Im Übrige hen mr da net viel Eifluss druff. Es sei denn, mr gebet Ihne Wehehemmer. Aber des lehn i ab.«

Ich auch.

Also ließen wir der Natur ihren Lauf, und so erblickte unser Butzele am 24. Dezember um 22 Uhr 18 das grelle Licht des Kreißsaals, ganz ohne Komplikationen, wie Schwester Bärbel es vorausgesagt hatte. Unter diesen Umständen blieb uns natürlich nichts anderes übrig, als unser Christkind Christine zu taufen. Es war ohnehin einer meiner Lieblingsnamen gewesen und ich hatte ihn nur von der Liste gestrichen, weil ich befürchtete, die Schwaben könnten eine »Grischtine« draus machen. Aber was ist im Leben schon ohne Risiko? Solange sie klein ist, werden wir sie ohnehin Tinchen nennen. Barbara wäre natürlich auch nicht schlecht gewesen, zur Erinnerung an Schwester Bärbel. Die Haarfarbe hätte nicht dagegen gesprochen, denn erstaunlicherweise ist unser Tinchen schwarzhaarig. Aber dann hatte ich Angst, jemand könnte auf die Idee verfallen, sie Babs zu nennen.

Ach, Julia, sie ist so niedlich! Du müsstest mal ihr Stupsnäschen und ihre kleinen Fingerchen sehen. Ich hatte schon ganz vergessen, wie winzig das alles am Anfang ist. So klein und schon so perfekt! Martin ist ganz verliebt in seine hübsche kleine Tochter. Mir tut der arme Kerl, den sie einmal als Freund nach Hause bringt, schon heute leid. Martin wird sein Tinchen genauso eifersüchtig bewachen wie der Drache die Prinzessin und jeden Freier mitleidslos in die Flucht schlagen. Aber Tinchen kann auf meine Unterstützung zählen.

Wie schön, dass die Liebe nicht wie ein Kuchen ist, bei dem die Stücke, die es zu verteilen gibt, immer kleiner werden und irgendwann einmal ganz ausgehen. Sonst hätte es für Tinchen vielleicht gar nicht mehr gereicht. »Liebe ist das Einzige, was wächst, wenn wir es verschwenden«, hat die Schriftstellerin Ricarda Huch gesagt. Wie wahr!

Das erinnert mich an Frau Nägeles Teepilz. Sie verschenkt dauernd Stücke an irgendwelche Leute und trotzdem wird das Ding nicht weniger, im Gegenteil. Entschuldige bitte den prosaischen Vergleich im Zusammenhang mit etwas so Großartigem wie der Liebe, aber es fiel mir so spontan ein. Obwohl der Vergleich vielleicht gar nicht so schlecht ist. Schließlich bekommt man den Teepilz in der Regel auch geschenkt, genauso wie die Liebe.

Vielleicht sollten Martin und ich unsere Liebe noch mehr verschwenden und unsere Familienplanung mit Tinchen nicht abschließen. Ich könnte süchtig werden nach diesem Gefühl, wenn mir die Hebamme nach all den Schmerzen und der Anstrengung dieses kleine Wesen in den Arm legt. Ein Stück von Martin und von mir und doch eine ganz eigene kleine Persönlichkeit. Neun Monate Zärtlichkeit haben ein Gesicht bekommen.

Ich bin erleichtert, dass alles gutgegangen ist und Tinchen offensichtlich gesund ist. Und gleichzeitig bin ich auch ein ganz kleines bisschen wehmütig, weil wir uns nie mehr so nahe sein werden wie in den vergangenen neun Monaten. Die Nabelschnur ist durchgeschnitten. Tinchen ist auf dem Weg, die Welt zu erobern, zuerst mit mir zusammen und irgendwann ohne mich – das ist der Lauf der Welt. Aber jetzt ist keine Zeit für solche Gedanken. Dazu bin ich viel zu glücklich.

Ich überlege, ob Tinchen Felix ähnlich sieht, versuche, mir sein kleines Gesichtchen von damals vorzustellen. Es ist schon so lange her, fast sechs Jahre, und doch kommt es mir vor, als sei es erst gestern gewesen.

Im Gegensatz zu damals ist es heute herrlich ruhig im Krankenhaus. Wir sind noch immer die Einzigen im Kreißsaal. Niemand stört uns, keine Hektik, kein Gerenne, kein Stöhnen von nebenan. Nur wir drei und Schwester Bärbel, die fast so stolz ist wie Martin und ich.

»A richtig goldige Krott isch des«, stellt sie zufrieden fest.

Ich halte Tinchen im Arm, und Martin hält uns beide im Arm und von mir aus könnte die Zeit ruhig noch ein wenig den Atem anhalten. Aber dann kam dummerweise der junge Doktor zum Nähen. Na ja, wenn die Zeit immer stillgestanden wäre, wenn ich es mir gewünscht habe, dann hätte ich viele schöne Augenblicke im Leben, die danach gekommen sind, nie erlebt. Dann würde ich heute noch immer mit Martin eng umschlungen zu Engelberts Schmusestimme Stehblues tanzen.

Ich glaube, der junge Doktor war uns ganz dankbar, dass wir ihn nicht früher geholt haben. Und ehrlich gesagt, nähen konnte er nicht besonders gut. Aber das habe ich dann auch noch überstanden. Eigentlich ist er ganz nett. Dafür, dass er jung und unerfahren ist, kann er ja nichts, und das Nähen wird er mit der Zeit sicher lernen. Mein erster Gänsebraten war auch nicht grade eine Offenbarung. Da fällt mir ein, ich muss Frau Knödler anrufen und ihr sagen, sie soll die Gans aus dem Kühlschrank nehmen und verbrauchen. Martin wird sie sicher nicht braten.

Schwester Bärbel hatte noch eine Flasche Sekt von einem glücklichen Vater im Kühlschrank, mit der haben wir auf Tinchen angestoßen.

»Verratet Se me bloß net«, sagte sie. »Wenn sich des romspricht, na wellet des älle, und dr Chef schmeißt mi naus, wenn 'r erfährt, dass i im Dienscht trink und d' Wöchnerinne au no drzu verführ. Aber des isch doch heut ebbes ganz Bsonders. So a Chrischtkendle wird schließlich net alle Dag gebore. Und die Kloine wird bestimmt net glei an Schwips kriege von dem bissle Sekt in dr Milch. Des regt de Kreislauf a.«

Das hatte mein Kreislauf eigentlich gar nicht nötig. Ich war kein bisschen müde, sondern im Gegenteil richtig aufgedreht. Das muss wohl an der Wirkung der Glückshormone liegen. Ich sollte diesen Zustand auskosten. Wer weiß, welche Hormone morgen das Kommando übernehmen. Bei Felix habe ich ein paar Tage nach der Geburt bloß geheult und das, obwohl er ein Wunschkind war und ich allen Grund hatte, glücklich zu sein. Es ärgert mich, dass man diesen blöden Hormonen so hilflos ausgeliefert ist.

Ich muss Schluss machen. Tinchen wird gerade wach und sieht ganz so aus, als hätte sie Hunger. Ich fürchte, in Zukunft werden meine Briefe an Dich etwas kürzer ausfallen.

Tinchen sagt, dass sie sich schon darauf freut, Dich bald kennenzulernen – spätestens zur Taufe –, und lässt Dich herzlich grüßen. Schade, dass es so kalt ist. Eine Taufe auf der Waldwiese wäre sicher auch sehr schön.

Also, bis bald,

Deine Katharina

… Mutter sein dagegen sehr

Älle Johr en Käs isch et viel,
aber älle Johr a Kend.

Liebe Julia,

es tut mir leid, dass ich unser Telefongespräch gestern so abrupt beenden musste. Eigentlich hatte ich gehofft, mit Tinchen etwas weibliche Verstärkung ins Haus zu bekommen, aber zumindest was das Telefonieren angeht, hat sie sich auf die Seite von Martin und Felix geschlagen. Sie ist nicht nur die Dritte im Bunde, nein, sie ist eindeutig die Erfolgreichste, wenn es darum geht, meine Telefongespräche zu sabotieren, denn sie reagiert weder auf böse Blicke noch auf zuckersüße Versprechungen oder wüste Drohungen. Während ihres durchdringenden Gebrülls ein Telefongespräch zu führen, ist schlichtweg unmöglich. Martin ist ganz begeistert, weil unsere Telefonrechnung diesen Monat so niedrig war wie im ganzen letzten Jahr nicht. Ich weiß nicht, womit er Tinchen bestochen hat.

Nun hoffe ich, dass ich wenigstens diesen Brief an Dich ungestört zu Ende bringen kann. Im Moment schläft Tinchen und Felix ist bei Herrn Nägele in der Garage.

Ich stelle fest, dass zwei Kinder nicht nur rein rechnerisch 100 Prozent mehr sind als ein Kind. (Da staunst Du, was? Herrn Schneiders Versuche, mich in die Geheimnisse der höheren Mathematik einzuweihen, waren offensichtlich doch nicht ganz vergeblich.)

Seit ich wieder zu Hause bin, leide ich an chronischem Schlafmangel. Tagsüber ist Tinchen das brävste Kind der Welt, wenn man von ihrem Telefonterror und ihrer Schreistunde abends zwischen acht und neun einmal absieht. Martin, der jedem die Freundschaft kündigt, der ihn abends um acht bei der

Tagesschau stört, versteht die Welt nicht mehr. Wie konnte sich seine Tochter ausgerechnet diese Zeit zum Schreien aussuchen? Es wäre wirklich unfair anzunehmen, dass ich dahinterstecke, als kleine Rache sozusagen, weil Martin es inzwischen entnervt oder entkräftet aufgegeben hat, nachts aufzustehen, wenn Tinchen schreit. Er kann es sich natürlich nicht leisten, übermüdet am Schreibtisch einzuschlafen.

Tinchen meldet sich noch immer jede Nacht mit zuverlässiger Regelmäßigkeit. Wenn ich sie voll stillen könnte, wäre das alles halb so schlimm, aber meine Milchproduktion kann sich leider in keinster Weise mit der von Suse, Felix' Lieblingskuh, messen.

Meine Tochter wird jedenfalls nicht satt von dem, was ich ihr zu bieten habe, also heißt es aufstehen und Fläschchen richten, wenn ich Glück habe, nur einmal pro Nacht. Ich weiß wirklich nicht, wessen Erbe da durchgeschlagen ist, Tinchen scheint ein ausgesprochener Nachtmensch zu sein. So munter wie nachts ist sie den ganzen Tag nicht. Was sie allerdings nicht davon abhält, ihre Mahlzeiten im Zeitlupentempo einzunehmen.

Apropos Mahlzeiten: Es war wirklich höchste Zeit, dass ich wieder nach Hause gekommen bin. Frau Knödler und Frau Nägele haben offensichtlich einen privaten Wettkampf ausgetragen, wer von den beiden meine Männer besser bekochen kann. Martin hat mir von Frau Knödlers Linsen mit Spätzle und ihrem Rostbraten vorgeschwärmt und Felix hat mir aufgetragen, mindestens einmal in der Woche Dampfnudeln zu machen, aber mit viel Zuckerkruste, die sei nämlich das Beste. Ich habe beschlossen, ihn lieber einmal in der Woche zum Essen zu Frau Nägele zu schicken. Frau Nägele war so geschmeichelt über das Kompliment, dass sie begeistert zugestimmt hat. Hefegerichte sind nämlich gar nicht meine Spezialität. Ich wette, meine Dampfnudeln wären wunderbar geeignet, um damit Tennis zu spielen.

Nun, vielleicht hast Du mehr Glück als ich. Ich lege Dir auf alle Fälle das Rezept bei. Da Du keine Frau Nägele hast, bei der Du die Dampfnudeln essen kannst, solltest Du es vielleicht wirklich einmal versuchen. Frag mich bitte nicht, warum die Dampfnudeln Nackete Dampfnudeln heißen. Ich konnte nicht in Erfahrung bringen, warum sie einen so frivolen Beinamen haben. Ebensowenig weiß ich, ob es außer nacketen auch angezogene gibt. Aber völlig egal, ob angezogen oder nacket, jedenfalls schmecken sie sehr lecker. Ich bin sicher, Dein »süßer« Helmut wird Dich dafür lieben.

Du wirst es nicht glauben, aber ich muss Schluss machen. Nein, diesmal ist es nicht Tinchen, die schläft wie ein kleiner Engel. Aber Felix ist schon wieder da. Ich habe versprochen, *Schwarzer Peter* mit ihm zu spielen. Ich hasse *Schwarzer Peter*, aber zur Zeit bin ich sehr nachgiebig, was Felix angeht. Die Zeit am Nachmittag, wenn Tinchen schläft, gehört ihm. Seit sie da ist, hängt er an mir wie eine Klette. Nicht einmal der Burrenhof lockt ihn im Moment, das will etwas heißen, und auch Herrn Nägeles Garage nicht allzu lange, wie Du siehst. Vielleicht ist Felix ein bisschen eifersüchtig, obwohl er sehr lieb zu seiner kleinen Schwester ist.

»Des isch doch ganz normal«, hat mich Frau Knödler aufgeklärt. »Jetzt stellet Se sich amol vor, mei Ma hätt zu mir gsagt: ›Was regsch dich eigentlich uff wege dera andre Frau. Deshalb, weil die jetzt da isch, han i di doch net weniger gern.‹ I glaub, des hätt i dem au net glaubt. Was dädet Sie denn sage, wenn Ihne Ihr Ma plötzlich a Nebefrau präsentiere däd?«

Wohl kaum etwas besonders Freundliches! Obwohl, es gibt Situationen, da hätte so eine Nebenfrau durchaus etwas für sich. Beim Auswaschen der Küchenschränke zum Beispiel. Das ginge nicht nur schneller von der Hand, das wäre zu zweit auch viel unterhaltsamer. Oder wenn ich mal wieder so eine richtige Stinkwut auf Martin habe. Da könnten wir zwei Frauen dann gemeinsam auf ihn schimpfen. Das ist doch etwas ganz anderes, als tagelang alleine in seinem bitteren Gefühlsbrei herumzurühren. Voraussetzung ist natürlich, dass man sich mit der Nebenfrau gut versteht. Nehmen wir mal an, dass Du und ich so ein Mormonen-Duo bilden würden. Also, das könnte ich mir schon nett vorstellen. Wir müssten uns nicht mühsam zusammentelefonieren, wenn wir wieder einmal ausgiebig miteinander kladdern wollen, nein, wir hätten Spaß ohne Ende, den ganzen Tag.

Aber wenn ich andererseits daran denke, dass wir beide dann nicht nur die Wohnung und die Arbeit, sondern auch Martin miteinander teilen würden ... Nein, bei aller Freundschaft, das wäre dann wohl ihr Ende, und das wiederum jammerschade. Ich habe soeben beschlossen, meine Küchenschränke auch in Zukunft alleine auszuwaschen und auf Martin weiterhin im Solo und nicht im Duett zu schimpfen.

»Und jetzt saget Se bloß net, bei Kinder wär des ebbes ganz anders, und des könnt mr net vergleiche«, sagte Frau Knödler. »Des ka mr scho.« Wenn sie recht hat, hat sie recht, und das, obwohl sie in ihrem ganzen Leben bestimmt kein einziges Psychologiebuch gelesen hat.

Apropos Psychologie. Weißt Du, wen ich letzte Woche kennengelernt habe? Das errätst Du nie – Ulf. Aber das erzähle ich Dir im nächsten Brief. Das ist nämlich eine längere Geschichte und Felix nervt, dass ich mit ihm spielen soll. Wenn Martin heute Abend nach Hause kommt, bin ich übrigens total abgemeldet, dann wird er mit Beschlag belegt, und ich habe meine ruhigen fünf Minuten – bis Tinchens Schreistunde anfängt. Du siehst, mit zwei Kindern sind die ruhigen Minuten gezählt.

Es grüßt Dich – leicht gestresst und total übernächtigt –

Deine Katharina

Nackete Dampfnudeln

Zutaten

500 g Mehl,
100 g Butter,
2 Eier,
1/8 l (etwa) lauwarme Milch,
etwas Salz,
1 Esslöffel Zucker,
25 g Hefe,
1 Tasse Milch,
50 g Butter,
1 Esslöffel Zucker,
1 Prise Salz.

Zubereitung

Das Mehl in eine Schüssel geben. In der Mitte mit etwas lauwarmer Milch, Zucker und Hefe einen Vorteig etwa 1/2 Stunde anlassen. Dann die restliche Milch, 100 g Butter, die Eier und das Salz zugeben. Den Teig so lange schlagen, bis er Blasen wirft und sich von der Schüssel löst. Hefeteig zugedeckt an einem warmen Ort gehen lassen.

Etwa faustdicke Stücke rund ausformen und diese nochmals ungefähr 10 Minuten auf einem bemehlten Blech gehen lassen.

Eine Tasse Milch, 50 g Butter, 1 Esslöffel Zucker und 1 Prise Salz in eine eiserne Kasserolle geben und zum Kochen bringen. Dann die Nudeln dicht an dicht hineinsetzen. Einen Deckel auf die Kasserolle geben und in den vorgeheizten Ofen stellen.

Etwa 30 Minuten bei 220 Grad backen lassen.

Nach dem Backen den Deckel schnell, aber vorsichtig abnehmen und die Dampfnudeln sofort servieren. Dazu schmecken Vanillesoße und Kompott.

Hineintreten und sich wohlfühlen

Irre isch menschlich,
drin verharre, isch teuflisch.

Liebe Julia,

ich will Dich nicht länger auf die Folter spannen.

Nachdem ich den letzten Brief weggeschickt hatte, fiel mir ein, Du könntest womöglich glauben, ich sei auf Ulfs Couch gelandet. Weit gefehlt. So gestresst bin ich auch wieder nicht. Wir haben Ulf bei Babs' Einweihungsfest kennengelernt. Du erinnerst Dich an Babs, mit der wir unseren unvergesslichen Kärntenurlaub verbracht haben? Und an Ulf erinnerst Du Dich sicher auch, er ist Babs' Therapeut, Du weißt schon, der »Du bist Du«.

Aber immer der Reihe nach. Didi und Babs haben sich, wie sich das für gute Schwaben gehört, eine Eigentumswohnung zugelegt. Die Eigentumswohnung ist der elegante Übergang von der Mietwohnung zum angestrebten Eigenheim. Spätestens wenn das erste Kind sich anmeldet, unterzieht der Schwabe seinen bereits in jungen Jahren abgeschlossenen Bausparvertrag einer kritischen Prüfung und stellt fest, dass es zum Bau eines Häusles, dem Gipfel seines irdischen Glücks, zwar noch nicht ganz reicht, eine Eigentumswohnung aber durchaus im Rahmen des Erschwinglichen liegt, vorausgesetzt, man ist bereit, sich ansonsten ein wenig einzuschränken, was dem Schwaben mit seinem angeborenen Spartrieb im Allgemeinen nicht allzu schwer fällt.

Babs und Didi hatten diesen Schritt also gewagt und wollten das besondere Ereignis mit einer kleinen Party angemessen feiern. Ich war nicht besonders begeistert über die Einladung, aber Martin meinte, alle Kollegen seien eingeladen, und wir könnten uns da schlecht ausschließen.

Mit »Epples kommen auch« versuchte er, mir die Sache schmackhaft zu machen. Du weißt, Epples sind die mit dem Zwiebelkuchen und dem denkwürdigen Diaabend. Die müsste ich jetzt wirklich dringend einmal einladen. Meinen Einwand, ich hätte auch gar nichts anzuziehen, ließ Martin nicht gelten.

»Willst du behaupten, dass du grade nackt bist?«, fragte er.

»Also hör mal, ich kann doch nicht in der alten Jeans zur Einweihungsfeier gehen. Willst du dich mit mir blamieren? Und in meine guten Sachen pass ich noch nicht wieder rein. Ist mir alles zu eng in der Taille. Ich könnte mir allerdings was Neues kaufen.«

Damit, dachte ich, ist das Thema sicher erledigt. Weit gefehlt. Martin protestierte nicht, woraus ich schloss, dass ihm die Einweihungsfeier wirklich wichtig war. Also habe ich die Gunst der Stunde genutzt und mir ein neues Kleid gekauft, nicht ganz billig, aber todschick. Mehr verrat ich nicht, Du wirst es bei der Taufe sehen. Die bevorstehende Taufe ist sozusagen die Beruhigungspille, die ich mir gegen mein schlechtes Gewissen verordnet habe. Nur für die Einweihungsfete wäre mir das Kleid doch ein bisschen zu teuer gewesen. Andererseits: Wer gegen Babs konkurrieren will, der muss sich schon ein bisschen anstrengen. Jetzt, wo ich beinah wieder rank und schlank bin, bin ich für einen Schlagabtausch à la Schneewittchen (Wer ist die Schönste im ganzen Ländle?) schließlich besser gerüstet.

Am Samstag regnete es nur einmal: von morgens bis abends ohne Unterbrechung! Das Neubaugebiet, in dem Didi und Babs jetzt wohnen, war die reinste Schlammwüste, als wir ankamen. Um acht Uhr waren wir eingeladen, und Punkt acht zog Martin den Wagenschlüssel ab. Du kennst ja seine notorische Pünktlichkeit. Beim Zahnarzt mag das durchaus angebracht sein, aber als Hausfrau sind mir Gäste, die fünf Minuten zu spät kommen, in der Regel wesentlich sympathischer als die Überpünktlichen.

Wir gaben uns alle Mühe, die tiefsten Pfützen und Schlammlöcher elegant zu umschiffen, leider ziemlich erfolglos. Der Weg von der Straße zum Haus war wohl nicht rechtzeitig fertig geworden und bestand nur aus ein paar provisorisch ausgelegten, rutschigen Dielen. Sie in Pumps zu betreten, war ein halsbrecherisches Unterfangen.

Als wir die Haustür unverletzt erreicht hatten, sahen unsere Schuhe aus, als hätten wir ihnen Schlammpackungen verordnet. Unser Versuch, sie mit einem Taschentuch wenigstens einigermaßen zu reinigen, war nicht nur Schuh-, sondern sozusagen auch reine Augenwischerei. Im Auto lag eine Schachtel Kleenex, aber wir wollten das Schicksal nicht herausfordern. Besser ein schmutziger Fuß als ein gebrochener, sagten wir uns und machten uns auf den Weg nach oben.

Arme Babs, dachte ich, als ich die Schmutzspuren sah, die wir auf unserem Weg in den zweiten Stock auf der Treppe hinterließen. Aber so etwas kann eine schwäbische Hausfrau ganz offensichtlich nicht aus dem Gleichgewicht bringen. Babs, die wieder aussah »wie aus em Schächtele«, wie die Schwaben zu sagen pflegen, begrüßte uns mit dem üblichen »Hi« und einem Küsschen rechts und links auf die Wange.

»Komm, send so gut und ziehet eure Schuh aus«, forderte uns Babs ganz ungeniert auf. »Des isch ja heut a böse Sauerei da drauße. Eigentlich könnet 'r strümpfig gange, mir hen Fußbodeheizung. Aber wenn's euch lieber isch, könnet 'r au Schläpple aziehe. I han a paar nagstellt. Irgendebbes wird scho basse«, sagte sie und zeigte vergnügt auf eine Reihe Pantoffel.

Von den Badelatschen bis zur Marke »Hineintreten und sich wohlfühlen« war alles vorhanden. Babs musste im Haus eine ergiebige Sammlung veranstaltet haben.

Das ist dann wieder der Vorteil, wenn man früh dran ist. Man hat noch die Auswahl. Ich entschied mich für das Modell »rosa-flauschiges Bommel-Pantöffelchen zum zarten Negligé«. Es hatte wenigstens einen kleinen Absatz.

Martin beschloss angesichts des Angebots, lieber unten ohne zu gehen, und ich stellte erleichtert fest, dass seine Socken keine Löcher hatten. Wer rechnet denn auch mit so was!

Lass es Dir eine Warnung sein, liebe Julia, und kontrolliere in Zukunft die Socken von Helmut, bevor ihr das Haus verlasst, nicht nur wenn ihr Schuhe kaufen geht. Ich musste an meine Mutter denken, die immer zu mir gesagt hat: »Kind, mach die Betten, putze die Waschbecken, bevor du aus dem Haus gehst, und zieh dir frische Wäsche an, du weißt nie, was dir zustößt!« Wie recht sie hatte!

Die Angewohnheit der kleinen Schwaben, ihre Straßenschuhe an der Haustür auszuziehen und die Wohnung ihrer Spielkameraden in Socken oder eigens mitgebrachten Hausschuhen zu betreten, habe ich als eine sehr liebenswerte und durchaus nachahmenswerte Eigenschaft derselben kennen und schätzen gelernt. Aber heute machte mich diese Errungenschaft der schwäbischen Zivilisation gar nicht glücklich. Da hatte ich mir so viel Mühe mit meinem Äußeren gegeben, hatte Stunden im Bad vor dem Spiegel zugebracht, um mir neben Babs nicht wieder wie Aschenputtel vorzukommen, und nun das: zum schicken neuen Kleid Flauschpantöffelchen! Babs trug zum – sowohl oben wie unten – sehr kleinen Schwarzen natürlich hochhackige Pumps und sah wieder aus wie aus dem Denver-Clan. Ich möchte wetten, sie hat dieses Sauwetter extra bestellt, um allen anwesenden Damen Hausschuhe verpassen und sie damit ausstechen zu können. Denver-Clan gegen Lindenstraße, einfach unfair.

Als wir das Wohnzimmer betraten, stellten wir fest, dass wir doch nicht die ersten Pantoffelgäste waren. Babs stellte uns einem älteren Ehepaar vor, das einen sehr bescheidenen und bodenständigen Eindruck machte.

»Des sen mei Muddi und mei Vaddi. Und des sen dr Martin und d' Kati. Wisset 'r, die, mit dene mr in Kärnten waret. Han i euch doch verzählt.«

Wir reichten uns artig die Hand.

»So«, sagte Babs' »Muddi« und musterte mich vom sorgfältig frisierten Kopf bis zu den geliehenen Pantöffelchen, »Sie sen des. Also, Sie hätt i mir aber jetzt ganz anders vorgstellt.«

Ich beherrschte mich zu fragen: Wie denn? Entweder war Babs' »Muddi« angenehm überrascht, weil Babs mich als unmögliche Person beschrieben hatte, oder sie war enttäuscht, weil ich ihre Erwartungen nicht erfüllte. Na ja, in Pantöffelchen! So oder so könnte das Ergebnis einer diesbezüglichen Frage uns nur in Verlegenheit bringen. Im Übrigen hatte ich mir die Mutter der herausgeputzten Babs auch ein wenig anders vorgestellt. Dieser Apfel hatte beim Fall eine ganz schöne Distanz zwischen sich und den Stamm gebracht.

Aber eigentlich wollte ich Dir ja von Ulf erzählen. Er kam etwa eine halbe Stunde später. Ulf hatte sich beim Betreten der Wohnung offensichtlich für braun karierte Filzpantoffeln entschieden, vielleicht war auch nichts anderes mehr übrig. Ulf kam als einer der Letzten. Aber bei Ulf war das ohnehin ziemlich egal. Er hatte den unschätzbaren Vorteil, dass seine Fußbekleidung den Gesamteindruck so oder so nicht stören konnte. Ulf erschien nämlich in einer ausgebeulten, viel zu weiten Cordhose und einem ziemlich ausgeleierten Strickpulli. Man sah auf den ersten Blick, dass er ein Mann war, dem es nicht auf Äußerlichkeiten ankam, und dass er wohl nicht verheiratet war, denn eine Frau hätte diesen Pullover schon längst dem Roten Kreuz gespendet. Seinen schon etwas schütteren Haaransatz machte er hinten durch einen Pferdeschwanz wett. Auch Ulf war anscheinend bestens über uns informiert.

»So, so, schau an, die Kati«, sagte er, schaute mir durchdringend in die Augen und behielt meine Hand unangenehm lange in der seinen.

»Katharina«, verbesserte ich, »Katharina Sander«, um diskret darauf hinzuweisen, dass wir noch nicht Brüderschaft miteinander getrunken haben. Aber für solche Nebensächlichkeiten nahm Ulf sich keine Zeit.

»Die Kati mit dem Selbstbewusstseins-Problem. Freut mich, dass wir uns endlich mal kennen lernen. Ich hab der Babs schon lang gesagt, sie soll dich mal mitbringen. Ich mach da nämlich grade eine sehr interessante Gruppentherapie: *Von der neurotischen zur selbstbewussten Persönlichkeit – Analyse, Fallbeispiele und praktische Übungen.*«

Wollte UIf damit etwa andeuten, ich sei eine neurotische Persönlichkeit? Das war ja wohl die Höhe! Apropos Gruppentherapie: Hast Du das neulich in der Zeitung gelesen? Da versuchte ein Psychiater in Amerika, bei der Versicherung einer Patientin 300 000 Dollar abzurechnen. Er hatte bei ihr 120 Persönlichkeiten festgestellt und ihre Behandlung deshalb als Gruppentherapie abgerechnet. Ist das nicht herrlich? Das sollte ich unbedingt einmal Ulf erzählen. Er wäre mir für den Tipp bestimmt dankbar.

»Das nächste Mal«, sagte Ulf, »wird's interessant. Da geht es um die Erlernung der Gefühlssprache. Am besten wär's natürlich, du bringst deinen Mann gleich mit.«

Eigentlich hatte ich gedacht, Martin und ich seien in der Anwendung der Gefühlssprache schon recht fit. Schließlich sind wir keine wortkargen Schwaben, die sich mit einem »Magsch me?« – »Scho« begnügen. Eine Unterweisung im Gebrauch der schwäbischen Gefühlssprache von »Schätzle« über »Schneckle« bis »Scheißerle«, das könnte mich durchaus interessieren, aber Ulf stammte seiner Sprache nach eher aus dem Norden der Republik. Von ihm ist diesbezüglich also keine Aufklärung zu erwarten.

»Die Gruppe ist zwar schon voll, aber für euch würd ich eine Ausnahme machen.«

Nun hatte ich zum Glück die perfekte Ausrede. »Das ist sehr nett, aber im Moment ein bisschen schwierig. Ich hab nämlich eine kleine Tochter von drei Wochen.«

»Eine Tochter? Aber dann musst du erst recht kommen, Kati, das bist du deiner Tochter geradezu schuldig. Noch ist es nicht zu spät. Aber je früher, desto besser.«

Ich verstand kein Wort.

»Prägung, Erziehung, Übertragung«, erklärte Ulf. »Es ist ein Teufelskreis. Die Mütter leiden darunter, aber sie übertragen es weiter. Wie eine Erbkrankheit. Schon mit der Muttermilch trichtern sie es ihren Töchtern ein, dieses verdammte Harmoniebedürfnis.«

»Na, da hat Tinchen ja Glück.« Jetzt war es an Ulf, verständnislos zu gucken. »Na ja, ich kann nicht voll stillen. Ich muss zufüttern. Da kriegt Tinchen nicht so viel ab, Harmoniebedürfnis mein ich. Fünfzig Prozent Milupa, fünfzig Prozent Harmoniebedürfnis sozusagen, offensichtlich eine gesunde Mischung, sie gedeiht ganz gut dabei.«

Darüber konnte Ulf nun wiederum gar nicht lachen. Mit Leuten, die keinen Humor haben, tu ich mich schwer. Mit gekränktem Gesicht erklärte er mir, dass er es sehr ernst meine und ich gut daran täte, über dieses Problem einmal nachzudenken, im Interesse meiner armen Tochter.

»Die Babs«, klärte er mich auf, »die hat schon viel von der Therapie profitiert.« Das konnte ich nur bestätigen. »Und sie vermittelt das an ihre Tochter ganz toll weiter.«

Wie zur Bestätigung erhob sich im Hintergrund ein schreckliches Geschrei, das sogar den Partylärm übertönte. »I will net ins Bett, i will no aufbleibe!«

Die tiefen Denkfalten auf Ulfs Stirn glätteten sich, und ein Strahlen ging über sein Gesicht.

»Siehst du, das mein ich, genau das. Nein sagen, seinen Standpunkt vertreten, sich behaupten – die Püppi kann das.«

Auch da konnte ich ihm nur zustimmen. Wie Felix in der Sache »Venedig« erfolgreich seinen Standpunkt vertreten hatte, auch ohne psychologische Schulung seiner Mutter, das behielt ich lieber für mich, obwohl ich es Ulf gern erzählt hätte.

»Da hinten sind Epples«, sagte Martin, der schon eine ganze Weile unruhig von einem Socken auf den anderen getreten war. »Wenn Sie uns bitte entschuldigen würden.«

Und weg waren wir. Aber da kamen wir vom Regen in die Traufe, denn Herr Epple klärte uns detailliert über seine neuesten Züchtungserfolge auf, die Kakteen, Du weißt schon. Aber irgendwie mag ich die Epples, und deshalb hörten wir ergeben zu, bis uns Babs' Ruf »Das Buffet ist eröffnet« erlöste.

Nach dem Essen folgte dann die »Schlossführung«, auf die ich schon gespannt gewartet hatte. Ich finde es ausgesprochen interessant, die Wohnungen anderer Leute anzugucken. Wohnungen sagen eine Menge über Leute aus. Manchmal schließen Martin und ich vorher Wetten ab, wenn wir irgendwo das erste Mal eingeladen sind, so nach dem Motto: Ikea gegen Gelsenkirchener Barock.

Diesmal lagen wir beide daneben. Es war eine ziemlich eigenwillige Mischung aus allen möglichen Stilrichtungen, von Alttrödel bis Chrom, nicht uninteressant. Nur gut, dass man uns allen Pantoffeln verpasst hatte, denn nicht einmal das Schlafzimmer mit dem Futonbett und dem schneeweißen Teppichboden wurde bei der Führung ausgelassen. Leider hatte ich keinen Fotoapparat dabei, um die illustre Abendgesellschaft in Filzpantoffeln abzulichten. Ich wette, wir beide hätten beim Anschauen der Fotos Tränen gelacht. Es war wirklich Loriotreif. Dieser Anblick hat mich für meine eigene Verschandelung ein wenig entschädigt. Aber wie sagt der Schwabe so treffend: »An schöne Mensche ka nix entstelle!«

Zu meiner Beruhigung stellte ich fest, dass die Makellosigkeit von Babs' Wohnung sich nicht im Entferntesten mit ihrer eigenen messen kann. Was ja wohl durchaus einleuchtet. Wer sich keine Putzfrau leisten kann, der muss sich allein aus Zeitgründen entscheiden, ob er die intensive Pflege seinem Körper oder seinem Haushalt zukommen lässt. Ich bemühe mich, beidem gerecht zu werden, mit dem Erfolg, dass ich auf beiden Gebieten nur mit mittelmäßigen Ergebnissen aufwarten kann. Ulf würde daraus sicher schließen, dass ich an einem Entscheidungsdefizit leide, und mir das entsprechende Seminar empfehlen.

Püppi ist übrigens um halb zwölf erschöpft auf dem Sofa eingeschlafen. Mir scheint, Babs kann von ihrer Tochter in Sachen Selbstbehauptung noch einiges lernen.

Obwohl uns der Abend genügend Gesprächsstoff geliefert hat, war Martin auf dem Nachhauseweg ungewöhnlich schweigsam. Damals konnte ich mir nicht erklären, warum. Inzwischen weiß ich es.

Aber das im nächsten Brief. Das ist nämlich eine Geschichte für sich und würde heute zu lange dauern. Es ist nämlich höchste Zeit, Felix vom Kindergarten abzuholen. Ich werde den Brief gleich mitnehmen.

So viel für heute,

Deine Katharina

PS: Zum Abschied sagte Ulf zu mir: »Denk dran: ›Gute Mädchen kommen in den Himmel, böse überall hin!‹«

Stimmt, das habe ich an Babs gesehen. Die ist im Gegensatz zu mir nach Venedig gekommen. Aber warum? Weil ich ein gutes Mädchen bin und ihre Püppi gehütet habe. Die bösen Mädchen würden nämlich manchmal ganz schön alt aussehen, wenn es uns gute Mädchen nicht gäbe. Außerdem habe ich jahrelang jeden Abend gebetet: »Lieber Gott, mach mich fromm, dass ich in den Himmel komm.« Da kann man doch nicht so ohne weiteres von einem Tag auf den anderen die Marschrichtung ändern. Und für eine Therapie bei Ulf habe ich im Moment wirklich keine Zeit. Warum? Das erzähle ich Dir im nächsten Brief. Jetzt muss ich wirklich flitzen – »saue«, wie der Schwabe sagt.

Apropos »saue«, auch wenn's eilt (»pressieren« nennt das der Schwabe), das muss ich Dir unbedingt noch erzählen: Eine Bekannte, die so wie ich vor einiger Zeit ins Ländle zugezogen ist und deshalb der Landessprache nicht mächtig war, hatte in diesem Zusammenhang ein nettes Erlebnis. Sie ist sehr sportlich und nahm einmal mit ihrem Verein an einem Wettkampf teil. Als sie beim Hundert-Meter-Lauf an der Reihe war, standen ihre Kameradinnen am Rand der Strecke und feuerten sie an: »Sau, sau, sau!« Sie lief, so schnell sie konnte, und konnte sich nicht erklären, warum sie dafür so heftig beschimpft wurde. Damals wusste sie noch nicht, dass »sau« in diesem Fall so viel hieß wie »Lauf schnell!«.

So, jetzt muss ich aber wirklich »saue«, sonst komme ich zu spät.

Des isch gschenkt no z' teuer

Schaffe, spare, Häusle baue,
Hund verkaufe, selber belle.

Liebe Julia,

findest Du wirklich, dass ich eine Sockenphobie habe? Es ist mir noch gar nicht aufgefallen. Aber vielleicht hast Du recht. Vielleicht sollte ich mich einmal mit Ulf darüber unterhalten, das Problem würde ihn sicher brennend interessieren. Nur habe ich leider im Moment keine Zeit dazu. Ich habe es ja schon in meinem letzten Brief angedeutet.

Du erinnerst Dich vielleicht noch, dass Martin auf der Heimfahrt von Babs' Einweihungsfest so still war. Inzwischen kenne ich den Grund. Martin hat sich dort einen tückischen Virus eingefangen. Nein, nein, nicht die asiatische Grippe. Martins Virus ist hier im Ländle weit verbreitet und mindestens genauso ansteckend wie Grippe: der Hauseigentümer-Virus nämlich. Bei Martin fing es ganz harmlos an mit Bemerkungen wie: »Eigentlich ganz schön blöd, jeden Monat so viel Miete zu zahlen.« Und: »Findest du nicht, dass die Wohnung viel zu klein ist mit zwei Kindern?« Oder: »Der Schulweg ist ziemlich weit, wenn Felix bald in die Schule kommt.« Und: »Hier in der Gegend wohnen nur alte Leute.«

Tja, so fing's an!

Als ich merkte, wo der Hase langlief, fing ich an, Gegenargumente zu sammeln: die günstige Miete, die Gartenmitbenutzung, der kurze Weg ins Büro, die netten, kinderfreundlichen Hausbewohner – die vor allem! Was hätte ich in meiner Anfangszeit im Ländle bloß ohne Frau Knödler angefangen?

Außerdem habe ich keinerlei Lust, jeden Pfennig zweimal umzudrehen, die Fleischrationen zu kürzen, den Urlaub zu streichen und mir das alte Kleid von Frau Knödler zum dritten Mal ändern zu lassen, statt mir ein neues zu kaufen – kurz, auf jeden Komfort zu verzichten, nur um zum Wohnungseigentümer aufzusteigen. Ohne mich!

Nun ist es leider so, dass Martin mir haushoch überlegen ist, wenn es um Zahlen geht. Ganze Abende saß er am Esstisch, wälzte Papiere, Kontoauszüge und Finanzierungsmodelle. Die Tatsache, dass Martin keineswegs leichtsinnig ist, wenn es um Geldangelegenheiten geht, machte mir Hoffnung. Im Gegensatz zu Didi und Babs haben wir nämlich keinen Bausparvertrag, dafür aber zwei Kinder und nur ein Gehalt. Ich beschloss, Martin noch ein bisschen träumen zu lassen und nicht unnötig herumzudiskutieren. Der Traum würde ohnehin bald platzen.

Dachte ich.

Und dann präsentierte Martin mir eines Tages stolz zwei Zahlen: 350 000 DM und 35 Jahre! Ich sah ihn verständnislos an.

»350 000 DM«, erklärte Martin mir, »mehr darf das Haus oder die Wohnung nicht kosten. Ein bisschen was haben wir gespart und den Rest finanzieren wir über eine Lebensversicherung mit einer Laufzeit von 35 Jahren. Nach 35 Jahren bekommen wir die Lebensversicherung ausgezahlt, und das Haus gehört uns.«

»In 35 Jahren?«

»Ja, aber wir wohnen die ganze Zeit schon drin. Das ist das Tolle an der Sache. Anstatt jeden Monat Miete zu zahlen, die nachher futsch ist, sparen wir Eigentum an.«

»In 35 Jahren bin ich ... 72!«

»Denk an die Kinder«, sagte Martin. »Sie werden das Haus einmal erben.«

Mit Kranken kann man nicht diskutieren. Man muss ihnen ihren Willen lassen und ganz einfach warten, bis die Krankheit von allein vorbeigeht.

Und wenn nicht?

Ich konnte nachts nicht mehr schlafen. Zwei Zahlen saßen wie ein Alp auf meiner Brust: 350 000 und 35! Mitten in der Nacht wachte ich schweißgebadet auf, weil ich von Gerichtsvollziehern geträumt hatte und von meinen Kindern, die mit eingefallenen Wangen vor unserem Eigenheim saßen und die Nachbarn um Brot anbettelten. Martin nahm mich liebevoll in den Arm und beruhigte mich, aber er ließ nicht von seinen Plänen ab. Im Gegenteil!

Er begann, in der Zeitung die Seite mit den Immobilien zu studieren. Und eines Tages ertappte ich mich dabei, wie ich mir die Zeitung holte und die betreffende Seite aufschlug, kaum dass Martin aus dem Haus war. Ich hatte mich angesteckt!

Unsere sonntäglichen Spaziergänge führten uns fortan nicht mehr in den Wald oder zum Spielplatz, sondern in Wohngegenden und Neubaugebiete. Inzwischen waren wir gewitzt und hatten immer unsere Gummistiefel dabei.

»Gehn wir schon wieder Häuser gucken?«, maulte Felix. »Das ist so langweilig! Ich bleib lieber bei Petra.«

Aber das ging nicht, denn Felix musste auf den Kinderwagen aufpassen, während wir Rohbauten inspizierten und steile Treppen ohne Geländer erklommen. Bis Frau Knödler Mitleid bekam und sich erbot, beide Kinder zu hüten, während wir unserem neuen Hobby frönten.

Die Phase »Nur mal gucken« wurde schon bald von Besuchen bei Wohnungseigentümern abgelöst. Einer unserer ersten Besuche galt dem Ehepaar Schneider, ein klassischer Fall. Sie wollten ihre Eigentumswohnung verkaufen, um sich ein Häusle anzuschaffen. Das war schon fast fertig, wie wir erfuhren, und deshalb waren Schneiders an einem schnellen Verkauf ihrer Wohnung interessiert.

Im Haus gab es vier Wohnungen. Es war nicht mehr ganz neu, machte aber von außen einen gepflegten Eindruck. Der Weg zum Haus war infolgedessen nicht nur fertig geteert, sondern auch ordentlich gekehrt, so dass wir das Treppenhaus mit sauberen Schuhen betraten. Das hielt uns aber nicht davon ab, unsere Schuhe noch einmal sorgfältig auf dem Fußabstreifer abzuwischen, der uns mit seiner entsprechenden Aufschrift willkommen hieß. Inzwischen wissen wir, was wir einer schwäbischen Hausfrau schuldig sind.

Die Schneiders, ein Ehepaar mittleren Alters, baten uns herein und zeigten uns gleich bereitwillig alle Räume. Die Wohnung war großzügig geschnitten. Sie hatte außer Wohn- und Schlafzimmer auch zwei geräumige Kinderzimmer, die vom Ehepaar Schneider als Gäste- und zweites Schlafzimmer genutzt wurden.

»Wisset Se, mei Ma schnarcht so laut«, erklärte uns Frau Schneider etwas verlegen. »Net dass Se ebbes Falschs denket.«

Wie könnten wir! Wenn man sich die scheußlich gemusterten Tapeten und die schweren, dunklen Möbel wegdachte, war die Wohnung alles in allem gar nicht schlecht.

»Wohnen hier im Haus auch Kinder?«, wollte Martin wissen.

»Um Gottes wille, noi«, versicherte uns Herr Schneider eifrig. »Des sen alles ganz ruhige Leut, da brauchet Se koi Angscht han.«

»So hab ich's eigentlich auch nicht gemeint«, sagte Martin, was Herrn Schneider wohl auf die richtige Spur führte.

»Oder hen Se womöglich selber oine?«

»Zwei«, sagte Martin, der noch nicht gelernt hat, dass »oine« in diesem Falle so viel wie »welche« heißt.

»Ha no, warum au net«, sagte Herr Schneider großzügig. »Des wird wohl weiters koi Problem sei. Des sen alles tolerante Leut im Haus. Da isch a jeder für sich. Wenn mr sich im Treppehaus sieht, na grüßt mr halt. Aber sonsch. Und zwoimal im Jahr, da isch Eigetümerversammlung. Mr muss des ja alles regla, mit dr Kehrwoch und dr Müllabfuhr und so. Aber wie gsagt, des isch koi Problem, sen alles rechte Leut.«

Wie schön!

»Ha, Sanders hen doch sicher ganz brave Kender, des sieht mr doch glei«, beeilte sich Frau Schneider hinzuzufügen. Sie fürchtete wohl um den Verkauf ihrer Wohnung. »Die schreiet gwieß net rom im Treppehaus und schmeißet mit em Ball gege d' Wänd, gell, Frau Sander?«

Wenn du wüsstest, dachte ich, blieb die Antwort aber lieber schuldig. Mir hatte es schlicht die Sprache verschlagen.

Ein Haus, in dem gute Nachbarschaft darin besteht, sich aus dem Weg zu gehen, in dem Kinder nicht willkommen, sondern höchstens geduldet sind und in dem ich zwar Eigentümerin war, was mich allerdings nicht der Pflicht enthob, mir vorschreiben zu lassen, wann ich den Hof zu kehren und den Keller zu wischen hatte – das war kein Haus für uns!

Überhaupt kamen wir zu dem Schluss, dass eine Eigentumswohnung wohl nicht das Richtige für uns war. Wenn schon, dann wollten wir unser eigener Herr sein. Also hielten wir fortan nach Häusern Ausschau. Aber angesichts unseres Preislimits war die Sache nicht so einfach. Ein Haus für diesen Preis zu bekommen, das war fast unmöglich.

Aber dann, am vergangenen Samstag, entdeckte Martin die Anzeige in der Zeitung – unser Traumhaus! Ideal gelegen, in einer ruhigen Wohngegend, Kindergarten, Grundschule und Einkaufsmöglichkeiten in unmittelbarer Nähe, freistehend mit Garten, nicht zu groß und nicht zu klein, und was das Beste war: zu einem Spottpreis.

»Die Sache muss einen Pferdefuß haben«, unkte ich.

»Was du immer hast«, meinte Martin. »Es ist eben nicht mehr ganz neu, Baujahr 58. Das schlägt sich auf den Preis nieder. Vielleicht muss man auch das eine oder andere renovieren. Aber für den Preis.«

»Wahrscheinlich lässt uns demnächst die alte Heizung im Stich oder die Wasserrohre sind hinüber oder es ist der Schwamm drin.«

Ich hatte schon schreckliche Visionen von Handwerkerkolonnen, die »unser« Haus bevölkerten und uns gesalzene Rechnungen schickten.

»Anschauen können wir's doch mal«, meinte Martin. Und das taten wir dann auch.

Schon von außen übertraf das Haus alle unsere Erwartungen. Natürlich sah der Garten jetzt im Winter ein wenig kahl und trostlos aus, aber da es ein älteres Haus war, hatte es auch einen alten Garten. Keine mickrigen Mini-Thujas und Bonsaibüsche, so dass sich unser Gartenleben noch jahrelang vor den Augen neugieriger Spaziergänger und Nachbarn abspielen würde. Nein, eine blickdichte Hecke, große Büsche und schattenspendende Bäume. Auf dem Apfelbaum konnte Martin für Felix ein Baumhaus bauen.

Konnte? Musste!

Ich hatte unser zukünftiges Gartenleben ganz anschaulich vor meinem geistigen Auge. Während Martin und ich auf der Terrasse die Würstchen auf den Grill legten (natürlich musste ein neuer, großer Gartengrill her), spielte Tinchen friedlich im Sandkasten (einen Sandkasten zu kaufen, war ja nicht die Welt), und Felix schaukelte begeistert auf seiner neuen Gartenschaukel (was heißt da Schaukel, ein ganzes Klettergerüst würden wir ihm kaufen)! Die gelb-weiß gestreifte Markise spendete uns angenehmen Schatten und die – natürlich neuen – Liegestühle standen schon zum Verdauungsschläfchen bereit. Bei dem Spottpreis, den das Haus kosten sollte, waren ein paar Neuanschaffungen für unsere Gartenidylle gar kein Thema!

Frau Schlotterbeck hatte extra Kaffee für uns gekocht und einen Apfelkuchen gebacken. Während man von Vermietern eher misstrauisch beäugt, nach Kindern, Hunden, Katzen, Hausfreunden, Rauchgewohnheiten, Schweißfüßen und sonstigen Lastern befragt wird, empfangen verkaufswillige Wohnungs- und Hausbesitzer einen in der Regel sehr freundlich.

Die einzige Frage gilt hier normalerweise dem Bankkonto. Die übrigen Fragen stellt der potentielle Käufer, also in diesem Fall wir.

Beim Ehepaar Schlotterbeck war das aber gar nicht nötig. Herr Schlotterbeck hatte schon einen dicken Aktenordner bereitgelegt: Baupläne, Rechnungen von Reparaturen, Wasserkosten, Heizkosten, Müllabfuhr – alles vorhanden und fein säuberlich abgeheftet. Eine neue Heizung samt Energiesparkessel war vor vier Jahren eingebaut worden, und die Wasserrohre waren in bestem Zustand. Der Keller war nicht nur sauber und aufgeräumt, die Waschküche sogar geplättelt, es roch auch nirgends feucht oder modrig.

Ich glaubte Herrn Schlotterbeck jedes Wort. Martin und ich strahlten uns glücklich an. Dieses Haus war ohne Zweifel ein Schnäppchen.

Erdgeschoss und Keller hatten wir nach dem Kaffee und dem Studium des Aktenordners besichtigt und standen jetzt im Flur.

»Wir würden uns natürlich auch gern die Räume im ersten Stock anschauen«, sagte Martin und schaute zur Treppe nach oben.

»Also, des wird net gange«, meinte Frau Schlotterbeck. »Wisset Se, da wohnt mei Vadder.«

Wie zur Bestätigung kam von oben ein Schrei. »Helga, wer isch denn da?«

»'s isch nix, Vadder. Des sen bloß Sanders. Die ganget glei widder.«

»Nun, wir wollen Ihren Vater natürlich nicht stören«, sagte Martin, »aber im Erdgeschoss ist ja nur ein Kinderzimmer, und da dachten wir, dass unser Sohn vielleicht oben schlafen könnte oder auch wir. Aber dazu sollten wir uns die oberen Räume erst einmal ansehen.«

»Nur ein kurzer Blick«, kam ich Martin zur Hilfe. »Aber wenn's jetzt gerade ungelegen kommt, wir können natürlich auch ein anderes Mal wiederkommen.«

Frau Schlotterbeck wurde auf einmal sichtlich verlegen. »Also, des wird net nödig sei, weil ja die obere Räum net frei sen. Da wohnt wie gsagt mei Vadder.«

»Helga«, kam jetzt wieder ein ungeduldiger Schrei von oben, »wo bleibt denn heut mei Kaffee, 's isch doch scho viere. Du woisch genau, dass i mein Kaffee vor viere trinke muss, sonsch kann i heut nacht wieder net schlafe.«

»Ja, Vadder, glei.«

»Gang no und bring em sein Kaffee«, mischte sich jetzt Herr Schlotterbeck ein. »Er gibt ja sonsch doch koi Ruh.«

»Also, so kasch des jetzt au net sage«, beeilte sich Frau Schlotterbeck zu versichern und warf ihrem Mann einen bösen Blick zu. »Mei Vadder isch a ganz agnehmer Ma, müsset Se wisse«, versicherte sie uns. »Der stört wirklich net weiters.«

Aber nach einem erneuten Schrei von oben ging sie doch in die Küche. Mir war das eigentlich ziemlich egal, ob der »Vadder« ein »agnehmer Ma« war – dachte ich wenigstens zu diesem Zeitpunkt noch.

»Also, was mei Frau sage will, isch des«, ging Herr Schlotterbeck jetzt in die Offensive, »des Haus ghört meim Schwiegervadder und der zieht da au nemme aus. Des wär au net 's Richtige in dere Penthousewohnung, in die mir jetzt ziehet. Die isch au viel z' kloi. Und Se wisset ja, wie des isch mit so alde Leut. Alde Bäum verpflanzt mr net, hoißt's scho in dr Bibel.«

Meines Wissens stammt dieser Spruch zwar nicht aus der Bibel, aber das spielte im Moment wirklich keine Rolle. Hier ging es gerade um viel wichtigere Dinge.

»Also, was i sage will, isch Folgendes: Des Haus gibt's bloß zsamme mit meim Schwiegervadder oder gar net, basta. Da beißt koi Maus koin Fade ab. Was moinet Se, warum i des Haus so billig verkauf?«

Herr Schlotterbeck war sichtlich erleichtert, dass er die Katze endlich aus dem Sack gelassen hatte. Ich erkannte den netten, zuvorkommenden Herrn Schlotterbeck kaum wieder.

Aber wer weiß, wie viele Interessenten ihm wegen des nörgelnden Schwiegervaters schon abgesprungen waren. Wahrscheinlich wurde das Haus mit jeder Annonce ein bisschen billiger.

Frau Schlotterbeck, die gerade mit der Kaffeekanne aus der Küche kam, lenkte ein: »Er isch doch scho fascht neunzig. Des ka nemme lang daure, und na hen Se des ganze Haus für sich alloi. Und so lang hättet Ihre Kender glei an Opa im Haus. Des isch doch au nett. Mei Vadder mag Kender.«

»Helga, wo bleibsch denn?«

»Ja, Vadder, glei. Wisset Se, der wird Se net störe, der ka ja die Trepp schier nemme nonder. Wenn Se 'm sei bissle Sach vom Eikaufe mitbringet und em middags sein Kaffee kochet, na isch 'r scho zfriede.«

Vorausgesetzt, er bekam seinen Kaffee vor vier Uhr.

»Des bissle, was der no z' Middag isst, des bleibt oineweg übrig, sag i immer. Und viel Dreck macht'r ja au net. Da obe isch glei butzt. Und wenn Se bedenket, wie günschdig Se des schöne Haus da drfür krieget, ach günschdig, was sag i, glatt gschenkt isch des.«

Wunderst Du Dich, wenn ich Dir jetzt sage, dass wir das Traumhaus nicht geschenkt haben wollten? Man konnte es nicht hören, als unser Traum wie eine Seifenblase zerplatzte, aber als ich Martin ins Gesicht schaute, konnte ich es sehen. Und es verschafft mir keinerlei Genugtuung, dass ich mit meinem Misstrauen gegen dieses Superangebot recht behalten habe, das darfst Du mir glauben.

Das war nur eine kleine Kostprobe und durchaus nicht alles, was wir mit schwäbischen Wohnungs- und Hauseigentümern erlebten. Wenn Du uns demnächst besuchen kommst, werde ich Dir ausführlicher darüber berichten. Aber ich glaube, die Sache mit dem Traumhaus war sozusagen unser Schlüsselerlebnis. Es war die Penicillinbehandlung, die unserer Viruserkrankung den Todesstoß versetzte. Die Symptome klingen langsam ab. Nur manchmal flackern sie noch sporadisch auf. Aber einer von uns beiden spricht dann rechtzeitig den entscheidenden Satz.

»Vielleicht sollten wir warten, bis wir ein bisschen mehr angespart haben.« Und: »Solange Tinchen noch so klein ist, ist die Wohnung doch eigentlich groß genug.« Oder: »Ich finde, es ist eine Zumutung, die Kinder dauernd Frau Knödler aufzuhängen, damit wir in Ruhe Häuser besichtigen können. Wenn die Kinder größer sind, ist das alles einfacher.« Und: »Was hätten wir überhaupt ohne Frau Knödlers Hilfe gemacht? Ich sag dir, so eine Nachbarin kriegen wir so schnell nicht wieder.«

Ich bin sehr zuversichtlich, dass wir uns auf dem Weg der Besserung befinden. »Dat hat ja noch mal jutjejangen«, wie der Kölner zu sagen pflegt. Und ich kann wieder schlafen, ohne von überzogenen Konten, hohen Handwerkerrechnungen, feuchten Kellern und alten Opas zu träumen, die mit dem Stock auf den Boden klopfen und nach ihrem Kaffee verlangen.

Wenigstens solange Tinchen mich lässt, schlafe ich neuerdings wieder sehr gut. Sie hält nämlich noch immer nichts davon, uns nachts unsere wohlverdiente Ruhe zu gönnen. Im Gegensatz zu mir kann sie den fehlenden Schlaf ja auch tagsüber nachholen. Warum also sollte sie nicht die Nacht zum Tag machen? Nachts muss sie meine Aufmerksamkeit nämlich weder mit Martin noch mit Felix noch mit der Waschmaschine noch mit Frau Knödler oder dem Staubsauger teilen. Ganz schön clever, unser Tinchen!

Ich jedenfalls bin sehr froh, hier wohnen bleiben zu können. Was ist schon ein eigenes Haus gegen Frau Nägeles Melissengeist und Frau Knödlers Lebensweisheit? Ich würde das tägliche »Schwätzle« mit den beiden sehr vermissen und ohne ihre Hilfe manchmal ganz schön alt aussehen. Aber ob wir eines Tages nicht doch wieder vom Hauseigentümer-Virus befallen werden, dafür gibt es natürlich keine Garantie. Man lebt diesbezüglich im Ländle sehr gefährdet. Sollte es uns einmal unheilbar erwischen, so wäre die beste Lösung sicher die, ein Reihenhaus zu kaufen. Dann könnten Knödlers und Nägeles gleich neben uns einziehen. Damit wären alle Probleme mit einem Schlag gelöst. Das ist überhaupt die Idee! Dass ich da nicht schon früher draufgekommen bin. Ich muss gleich mal in der Zeitung nachschauen, ob irgendwo günstige Reihenhäuser angeboten werden.

Werde bitte nicht ungeduldig beim Warten auf meinen nächsten Brief. Es kann etwas dauern. Du weißt, Häusle-Suche ist eine sehr zeitaufwändige Angelegenheit.

In diesem Sinn,

Deine Katharina

Julia legte das letzte Blatt zur Seite. Was für ein herrlicher Ausflug in die Vergangenheit! Sie blinzelte. Ihre Augen hatten Schwierigkeiten, sich nach dem Lesen auf den Blick in die Ferne umzustellen. »'s isch halt alles nemme dees«, würde Katharina lachend dazu sagen, und Frau Knödler würde wie immer, wenn Katharina schwäbische Töne von sich gab, spaßhaft die Augen verdrehen. Ihrer Meinung nach würde Katharina es nie lernen, so schwäbisch zu sprechen, dass man ihr die »Reigschmeckte« nicht mehr anhörte.

Julia streckte sich. Vom langen Sitzen war sie ganz steif geworden. Ach, wie gern würde sie jetzt Katharina anrufen! Ein langer Abend ohne Helmut lag vor ihr. Es wäre der ideale Zeitpunkt, um ganz ungestört mir Katharina zu klönen, aber sie hatte Angst, sich zu verplappern, und dann wäre es vorbei mit der Überraschung. Wie schön es wäre, Katharinas Gesicht zu sehen, wenn diese die Briefe auspackte! Warum eigentlich nicht?

Julia stand auf, um ihren Kalender zu holen. Wenn sie sich richtig erinnerte, dann fiel Katharinas Geburtstag in diesem Jahr auf ein Wochenende. Richtig, Katharina hatte am übernächsten Samstag Geburtstag. Das war ideal. Julia könnte freitags nach der Arbeit losfahren und am Sonntag zurückkommen. Das wäre eine tolle Überraschung!

Andererseits ... Katharina liebte keine Überraschungsbesuche. Und vielleicht würde sie das Wochenende für eine Reise nutzen. Oder sie hätte das Haus voller Gäste. Es war wohl doch besser, den Besuch telefonisch anzukündigen.

Bevor Julia zum Telefon griff, ging sie hinunter in den Keller. Dort brannte noch immer das Licht. Sie hatte schließlich nur den Karton mit den Briefen nach oben tragen wollen. Aber dann hatte sie zu lesen begonnen und darüber völlig die Zeit vergessen. Sie löschte das Licht und hüllte das Chaos, das sie im Keller angerichtet hatte, in gnädiges Dunkel. Energisch schloss sie die Tür – morgen, dachte sie.

Sie stellte fest, dass sie hungrig war. Kein Wunder, schließlich hatte sie seit dem Frühstück nichts mehr gegessen. Viel gab die Inspektion ihres Kühlschranks nicht her, aber für ein belegtes Brot würde es reichen, und die Weinflasche war auch noch halb voll. Julia trug beides ins Wohnzimmer und wollte schon Katharina anrufen, als ihr noch etwas einfiel. »Nicht verplappern!«, schrieb sie in fetten Großbuchstaben auf ein Blatt Papier, das sie deutlich sichtbar gegen die Weinflasche lehnte. Dann wählte sie Katharinas Nummer und kuschelte sich bequem aufs Sofa.

Es klingelte fünfmal, dann meldete sich Katharina am anderen Ende.

»Hallo, Katharina. Hier ist Julia. Sag mal, bist du an deinem Geburtstag zu Hause?«

Inhalt

Vorwort *7*
Schaff's gut *10*
Von Butzele und Bubespitzle *19*
Kinderglück im Hühnerstall *26*
Raue Schale, weicher Kern *36*
's isch alles bloß a Weile schee *44*
Fisch und Besuch ... *53*
Von Nacktschnecken und anderen nackten Tatsachen *64*
Unverhofft kommt oft *77*
Wenn einer eine Reise tut *79*
Ein Wunderfitz und nichts anzuziehen *90*
Skandal im Hause Nägele – oder: A Skandäle *95*
Guter Rat ist teuer – Schenken auch *105*
Die Waldhochzeit *112*
Es herbstelet *118*
Kultur pur – oder: Mehr als trockene Worte *124*
Nix gschwätzt isch globt gnug *132*
Es weihnachtet sehr *140*
Mutter werden ist nicht schwer ... *147*
... Mutter sein dagegen sehr *155*
Hineintreten und sich wohlfühlen *160*
Des isch gschenkt no z' teuer *170*

Rezepte

Bubespitzle *25*
Spätzle à la Frau Knödler *63*
Maultaschen *76*
Schwäbischer Zwiebelkuchen *139*
Nackete Dampfnudeln *159*